AF176694

Thomas M. Meine

Die Erfindungen des Narren

nach dem Buch
The Inventions of the Idiot
von John Kendrick Bangs

erschienen 1904 bei Harper & Brothers,
New York und London

Das Buch beinhaltet bewusst komplizierte Schachtelsätze, die dem Diolog mit dem Narren am Esstisch einer Pension eine zusätzlich komische Note geben. Sie passen in die Zeit, erschweren aber ein wenig das flüssige Lesen, was gelegentlich gar zur Herausforderung für den Leser wird. Deshalb wurde dies zuweilen einfacher formuliert oder ergänzt, sowie Absätze verändert, jedoch ohne Einfluss auf den Inhalt.

Bibliografische Information der Deutschen Nationalbibliothek

Die Deutsche Nationalbibliothek verzeichnet diese Publikation in der

Deutschen Nationalbibliografie; detaillierte bibliografische Daten sind im Internet über http://dnb.dnb.de abrufbar.

Herstellung und Verlag:

BoD- Books on Demand, Norderstedt

August 2020

ISBN 9 783751 976589

INHALT

DIE ERFINDUNGEN DES NARREN

Die kulinarische Zunft

Es war, bevor der Narr geheiratet hatte, und in den Tagen, wo er nichts als ein einfacher Mieter war, in der exquisiten Pension für alleinstehende Herren von Mrs Smithers-Pedagog, als er seinen Geist, den der Schulmeister Pedagog, der Mann der Vermieterin, als 'angeblichen Verstand' bezeichnen würde, auf Pläne richtete, welche eine Verbesserung der Zustände in der Zivilisation zum Ziel hatten.

»Die Beschwerlichkeiten der Barbaren sind wirklich nichts, verglichen mit den Schwierigkeiten von zivilisierten Menschen«, sagte er, als ihm die Bedienung ein Steak hinlegte, das ziemlich verbrannt daherkam.

»Auf den Kannibaleninseln würde eine Köchin, die für ihren Arbeitgeber ein Stück gegrilltes Missionarsfleisch in diesem Zustand servieren würde, selbst geröstet werden, noch bevor ein neuer Tag anbricht. Wir hingegen müssen grinsen und es ertragen, denn unsere geschätzte

Vermieterin kann nirgendwo in dieser Stadt eine Frau finden, die sich besser für die Arbeit in der Küche eignet, als die Niete, die sie unglücklicherweise in der kulinarischen Lotterie gezogen hat, und die wir – ihre Opfer – als Bridget kennen.«

»Das ist ein Ausnahmefall«, sagte Mr Pedagog. »Solch ein Steak hatten wir seit Wochen nicht gehabt.«

»Das ist wahr«, antwortete der Narr. »Das ist auch ein Lendenstück. Das letzte Steak, das wir hatten, war ein Rumpsteak, und es war nicht verbrannt, wie ich zugeben muss. Es wurde versehentlich nur gekocht, wenn ich mich recht erinnere. Bridget, die in der Nacht zuvor ihren fünften Cousin nacheinander in zehn Tagen verloren hatte, war deshalb so niedergeschlagen, dass sie einen Rost nicht von einem Rasenmäher unterscheiden konnte.«

»Nun, Sie kennen den allgemeinen Aberglauben, Mr Narr«, sagte der Poet, »dass der Teufel die Köche schickt.«

»Daran glaube ich nicht«, sagte der Narr. »Das ist einer dieser Sprüche, die nicht einen Funken

Wahrheit in sich bergen – und auch keine fundierte Begründung, wie es ebenfalls bei 'einem geschenkten Gaul, schaut man nicht ins Maul' der Fall ist. Von all den absurden Ratschlägen, die Menschen jemals durch einen gedankenlosen Vordenker gegeben wurden, trägt letzterer, wie ich denke, den Sieg davon.«

»Ich kenne einen Mann, der einem geschenkten Pferd nicht ins Maul geschaut hat«, fuhr er fort, »und als Folge hat er ein Pferd genommen das achtundzwanzig Jahre alt war. Das Tier starb drei Tage später in seinem Stall, und der Beschenkte musste fünf Dollar bezahlen, um es wegschaffen zu lassen.«

»Und was den Teufel anbelangt, der die Köche schickt, habe ich auch kein Vertrauen in diese Theorie.«

»Jede Person, die vom Teufel kommt, würde wissen, wie man ein Feuer besser beherrscht, als neunzig Prozent der Köche, die je geboren wurden. Es wäre sogar eine gute Sache, wenn jeder von ihnen gezwungen würde, ein Praktikum beim Prinzen der Dunkelheit zu machen.«

»Dennoch dient ein Steak, wie dieses, einem guten Zweck. Es hilft dabei, unseren kleinen Kreis enger zusammenzubringen. Es gibt nichts so wie ein gemeinsames Leid, um die gegenseitige Sympathie zu erhöhen, die zwischen Männern besteht, die, wie wir, untergebracht sind.«

»Und was Mrs Smithers-Pedagog anbelangt, möchte ich, dass sie genau versteht, dass ich nur die Köchin kritisiere und nicht sie. Wenn dieser 'besondere' Leckerbissen durch ihre eigene, unbescholtene Hand hergestellt worden wäre, zweifele ich nicht, dass ich mehr davon hätte haben wollen.«

»Ich danke Ihnen«, antwortete die Vermieterin, etwas verändert durch diese Bemerkung. »Wenn ich mehr Zeit hätte, würde ich ab und zu das Kochen selbst übernehmen, aber, so wie es steht, bin ich voll mit anderer Arbeit eingedeckt.«

»Ich kann das bezeugen«, bemerkte Mr Whitechoker, der Pfarrer. »Mrs Smithers-Pedagog ist eine der nützlichsten Ladys in meiner Gemeinde. Wenn es nicht für sie wäre, würden viele Heiden in fremden Ländern heute ohne Kleidung herumlaufen.«

»Nun, ich will keine Kritik üben«, sagte der Narr, »aber ich denke, dass man sich erst um die Heiden zu Hause und dann um Heiden draußen kümmern sollte. Wenn ihre Gemeinde eine Zunft haben würde, die sich um Heiden wie wir, den Poeten und den Doktor und mich, kümmern würde, bin ich überzeugt, dass diese Zunft mehr geschätzt würde, von denjenigen, die, wie wir, von ihrer eigenen Arbeit leben, als es jetzt der Fall bei den Barbaren ist, die versuchen, die schlecht sitzenden Kleidungsstücke zu tragen, die man ihnen gibt.«

»Ein Christ, dessen einfaches aber ehrliches Frühstück gut zubereitet ist, neigt dazu, dankbarer zu sein, als ein Barbar, der ein Paar aus Kaliko gemachten Hosen trägt und einen Mantel, drei Größen zu klein am Körper und neun Größen zu lang an den Armen.«

»Ich will noch weiter gehen. Ich denke, wenn man sich um die heimischen Heiden kümmert, würden sie eine bessere Arbeit leisten. Diese würden mehr verdienen und würden, rein aus bloßer Dankbarkeit, einen ausreichenden Teil von ihrem mehr verdienten Geld abzweigen, die dann für maßgeschneiderte Kleider verwendet werden könnten die den Kannibalen besser gefallen würden, viel besser, als die Amateur-Kreationen, die sie jetzt bekommen. Ich weiß, dass ich mit Einigem von meinem Überschuss dazu beitragen würde.«

»Was würden sie eine solche Zunft tun lassen?«, fragte Mr Whitechoker.

»Tun? Es gäbe so viel für sie zu tun, dass ihre Mitglieder keine Pause machen könnten«, antwortete der Narr. »Tun? Nun, mein lieber Herr, nehmen Sie zum Beispiel dieses Haus und sehen Sie, was sie hier tun könnte. Was für ein Segen wäre es für mich, wenn eine gütige Person einmal in der Woche hierherkommen würde und Knöpfe an meine Kleidung annäht, meine Socken stopft – kurzum, immer für meine Ausbesserungen da ist. Was gibt es für eine geeignetere Arbeit für jemanden, der die Welt heller, glücklicher und sündenfreier machen will!«

»Ich kann nicht sehen, wie die Welt heller, glücklicher und sündenfreier werden sollte, wenn die Knöpfe an ihren Hosenträgern festgemacht und ihre Strümpfe gestopft werden oder ihre Kleidung generell ausgebessert wird«, sagte Mr Pedagog.

»Ich gestehe aber zu, dass eine solche Zunft eine ehrenwerte Arbeit machen würde, wenn Sie, Mr Narr, von dieser an der Hand genommen würden. Viele ihrer Empfindungen könnten dabei korrigiert oder ihre 'allbekannten' Fakten revidiert werden, damit diese mehr in Einklang mit der zweifelsfreien Wahrheit kommen. Die Zunft könnte auch einiges von dem Schliff in ihre Gewohnheiten bringen, die sie so unbedingt bei ihrer Kleidung haben wollen.«

»Ich danke Ihnen«, sagte der Narr weltmännisch. »Aber ich möchte die gütigen Ladys, auf die ich mich beziehe, nicht über Gebühr strapazieren. Wenn man sich um meine Kleidung kümmert, werde ich vielleicht die Zeit finden, mich um meine Gewohnheiten zu kümmern, und ich versichere Ihnen, Mr Pedagog, wenn Sie jemals vorhaben, einen Kurs für Verhaltensregeln zu geben, werde ich mit Freude zwei Sitzplätze bestellen, und versuchen, mich auf beide zu setzen.«

»Auf alle Fälle, um zu dem wesentlichen Punkt zurückzukommen«, sagte der Narr, »behaupte ich, dass die Welt glücklicher und heller wäre und weniger sündhaft, wenn die heimischen Heiden durch eine solche Zunft ihre Ausbesserungen bekommen würden, und ich fordere jeden hier heraus, der die Wahrheit von dem, was ich sage, bestreitet, selbst auf so einer unerheblichen Basis, wie einem losen Hosenträgerknopf.«

»Wenn ich am Morgen erwache und sehe, dass ein Knopf weg ist, mache ich dann liebenswürdige Bemerkungen über die Freuden des Lebens? Das tue ich nicht! Ich benutze böse Worte. Manchmal auch ein Wort, das hier nicht wiederholt werden muss.«

»Dann bin ich unglücklich, und wenn ich unglücklich bin, erscheint mir die Welt dunkel und trostlos, und wenn ich ungehalten spreche, obwohl es die Sache genau trifft, wie es bei mir der Fall ist, werde ich mich eines sündhaften Vergehens schuldig machen.«

»Damit am Morgen beginnend, komme ich hier an den Tisch. Mr Pedagog sieht, dass ich ziemlich neben der Spur bin. Er fragt mich, ob ich mich nicht gut fühle – eine nervige Frage zu diesem Zeitpunkt – und ganz besonders trifft dies auf einen Mann zu, der einen Hosenträgerknopf verloren hat.«

»Ich erwidere etwas, er erwidert etwas auf die Erwiderung, bis unsere Unterhaltung wärmer ist als der Kaffee, und unsere Beziehung kälter als die Waffeln.«

»Schließlich verlasse ich das Haus, werfe die Tür hinter mir zu, was das Haus strukturell schwächt, und gehe dann meinem Beruf nach, wo ich meine Wut zu dem zweiten Sachbearbeiter bringe, der sie an den Laufburschen weitergibt, der dann nach Hause geht und seinen Zorn an seiner kleinen Schwester auslässt, die, aufgeheizt bis zur Rücksichtslosigkeit, das Baby quält, bis es schreit und von der Mutter verhauen wird, weil es so laut ist.«

»Also, warum sollte es einem losen Hosenknopf erlaubt sein, ein Baby solch einer Schmach auszusetzen, und wer kann bestreiten, wenn er ordentlich durch die Zunft angenäht worden wäre, wie ich das erwähnt habe, dass das Baby dann niemals geschlagen worden wäre, für die Gründe, die ich erwähnt habe? Wie ist ihre Antwort dazu, Mr Whitechoker?«

»Wirklich, ich bin durch ihre Logik so atemlos, dass ich nicht argumentieren kann«, sagte der Geistliche. »Aber sind wir nicht ein wenig vom Thema abgekommen? Wir haben von Köchinnen gesprochen, und wir schließen mit einem kleinen pathetischen Gleichnis über einen Hosenträger-knopf und einem Baby, das nicht nur gequält, sondern auch verhauen wird.«

»Das Baby könnte die gleichen Schläge für Fehler der Köchinnen bekommen«, sagte der Narr. »Ich bin genervt, wenn man mir grüne Erbsen serviert, die hart genug sind, um die Mauern von Gibraltar niederzuschmettern, wenn man richtig zielt.«

»Wenn mein Kaffee wieder aufgewärmt wird, als Überbleibsel aus der Kaffeetasse vom Vorabend«, fuhr er fort, »verlasse ich das Haus in einer Stimmung, die etwas Übles für den Junior-Sachbearbeiter ankündigt, und die Wirkung auf das Baby ist am Ende die gleiche.«

»Und – äh – würden sie die Ladys, deren Bemühungen derzeit auf die Kleidung der Heiden konzentriert sind, hierherkommen und kochen lassen?«, fragte der Schulmeister Pedagog.

»Ich ziehe weg, wenn sie das machen«, sagte der Doktor. »Ich habe in meinem Beruf zu viel von den Auswirkungen der Amateurkocherei gesehen, um davon irgendetwas zu mir nehmen zu wollen. Sie sind gute Köche, in der Theorie, aber nicht in der Praxis.«

»Da haben Sie es!«, sagte der Narr triumphierend. »Das war kurz und gut zusammengefasst! Das ist genau die Schwäche der Köchinnen. Sie haben keine aus der Theorie, aber alle aus der Praxis. Wenn sie ihre Praxis auf die Theorie aufbauen würden, könnten sie alle besser kochen. Deshalb lasst die theoretischen Köchinnen die praktischen aussuchen und sie in den Prinzipien der Kochkunst ausbilden.«

»Denken Sie mal nach, was zwölf Ladys machen könnten, zwölf Ladys, die man den Nähkreisen ausgebildet, zügig zu sprechen, von denen jede fünf Stunden am Tag arbeitet. Sie könnten eine Stunde pro Woche dreihundertsechzig anderen Köchinnen widmen und ihnen praktisch alles das beibringen, was sie selbst wissen.«

»Zusätzlich zu diesen, könnten zwölf andere Ladys, die eine Unterstützungszunft bilden, Kleider und Häubchen für die gleichen Köchinnen machen, anstatt für die Kannibalen, was sie bei guter Laune halten würde.«

»Ein ausgezeichnetes Programm, wenn auch seltsam gerechnet!«, sagte der Doktor. »So praktisch. Ihr Gehirn muss knapp fünfzehn Gramm wiegen.«

»Ich habe es nie wiegen lassen«, sagte der Narr, »aber ich denke, es ist ein gutes. Es ist ohnehin das einzige, das ich habe. Es hat mir gute Dienste geleistet und es zeigt keine Anzeichen, nachzulassen.«

»Aber, zurück zu den Köchinnen: Gutmütigkeit ist genauso unentbehrlich um eine gute Köchin zu bekommen, wie es Äpfel für die Herstellung von Knödeln sind.«

»Ich kann das Wort Knödel nicht mit Bösartigkeit in Verbindung bringen, und genauso, wie der Poet sich in seine Arbeit stürzt, und wie er in einer fröhlichen oder traurigen Verfassung ist, so erscheint seine Arbeit fröhlich oder traurig, und so nehmen die Erzeugnisse einer Köchin die Eigenschaften ihrer Herstellerin an.«

»Eine missgestimmte Köchin wird das Essen in einer Weise zubereiten, die so ungenießbar ist, dass es verderblich wäre, es einzunehmen. Eine unbeschwerte Köchin wird flockiges Brot machen, eine pessimistische Köchin wird stattdessen Mehlziegel servieren.«

»Ich denke, dass Sie möglicherweise recht haben, wenn Sie das sagen«, antwortete der Doktor. »Ich habe selbst bemerkt, dass die Leute, die bei der Arbeit singen, die beste Arbeit machen.«

»Das ist aber der schlechteste Gesang«, sagte Mr Pedagog der Schulmeister.

»Das mag wahr sein«, sagte der Narr. »Sie können aber von einer Köchin mit sechzehn Dollar im Monat, nicht erwarten, dass sie eine Primadonna ist.«

»Nun, wenn Mr Whitechoker es unternimmt, in seiner Kirche einen Nähkreis ins Leben zu rufen, für Leute, die sich nichts aus Kleidung machen, aber dort den Samen von Eintracht und gutem Kochen in den Küchen dieses Landes ausbringen, bin ich bereit zu prophezeien, dass es am Ende des Jahres mehr Fröhlichkeit und weniger Niedergeschlagenheit in diesem Teil der Welt geben wird.«

»Und wenn wir einmal die Verdauungsstörungen aus unserer Mitte verbannt haben und Zivilisation und Glück zu unstrittig zusammengehörenden Begriffen machen, dann werden Sie feststellen, dass sich ihre eigentlich fürs Ausland gedachten Missionarsgelder so fett vermehren, dass Sie, anstelle der Amateurbekleidung für die Heiden, die sie ihnen jetzt schicken, ein Einkaufskonto bei Worth's and Poole's für jeden neuen Barbaren aufmachen könnten.«

»Das Programm für das Annähen von Hosenträgerknöpfen und die verschiedenen Flickarbeiten, die für einsame und verlorene Wilde, wie mich, gemacht werden müssen, könnten so noch in Schwebe gehalten werden, bis das kulinarische Programm in die Tat umgesetzt worden ist. Junggesellen bilden eine Klasse, nur eine kleine Klasse der Menschheit, aber die Erneuerung der Köche ist ein universelles Bedürfnis.«

»Ich denke, dass ihr Programm sicherlich ein pittoreskes und neuartiges ist«, sagte Mr Whitechoker. »Da scheint viel drinzustecken. Denken Sie nicht auch so, Mr Pedagog?«

»Ja – das tue ich«, sagte Mr Pedagog. »Da steckt sogar viel drin – an Geschwätz.«

Und mitten in das Gelächter, das auf seine Kosten erfolgte, fiel auch der Narr ein, und ging.

Ein Vorschlag für die Straßenbahn

»Hallihallo!«, seufzte der Narr und rieb sich verschlafen die Augen. »Das ist eine ausgelaugte Welt.«

»Was? So etwas von Ihnen?«, lächelte der Poet. »Ich hätte niemals diese Klage von einem Mann ihrer fröhlichen Gesinnung erwartet.«

»'Hm!'«, sagte der Narr, der Schwierigkeiten hatte, ein Gähnen zu unterdrücken. »'Hm!', und ich darf genauso noch ein 'ach!' hinzufügen.«

»Für was halten Sie mich – einen isolierten Sonnenstrahl?«, sagte er dann. »Ich kann es nicht verhindern, dass gelegentlich Schatten über meinen Horizont kommen.«

»Ich würde keinen Cent dafür ausgeben, ein Mann zu sein, der niemals seine Momente des Leids hätte. Es bedarf der Nacht, damit wir in der Lage sind, den Tag zu schätzen. Leid ist ein notwendiger Gegenpart, um die Freude zu schätzen.«

»Ich bin froh darüber, dass ich im Moment etwas niedergeschlagen bin. Morgen wird es mir wieder besser gehen, und ich werde den morgigen Tag umso mehr genießen, auch wegen des schrecklichen Flügelbutts den es heute zum Essen gegeben hat. Aber im Augenblick muss ich wiederholen, es ist eine ausgelaugte Welt.«

»Oh, ich denke nicht so«, bemerkte Pedagog der Schulmeister. »Die Welt scheint mir keine Zeichen der Erschöpfung zu zeigen. Ich bin heute Morgen zur üblichen Stunde zur Arbeit gegangen, und, soweit ich das beurteilen kann, dreht sie sich seither mit der gleichen Geschwindigkeit.«

»Der Fehler des Narren ist normal«, warf der Doktor ein. »Ich finde ihn immer wieder in meiner Praxis.«

»Das ist ein Geständnis«, gab der Narr zurück. »Finden Sie diese Fehler in ihrer Praxis vor oder nach dem Tod des Patienten?«

»Dieser Fehler«, fuhr der Doktor fort, welcher der Bemerkung des Narren augenscheinlich wenig Beachtung schenkte, »dieser Fehler liegt in der Annahme, dass er selbst die Welt sei. Er betrachtet sich als die Erde, wie auch alles Leben, und weil er sich ausgelaugt fühlt, ist die Welt ausgelaugt.«

»Es ist doch keine tödliche Krankheit?«, fragte der Narr besorgt. »Es ist doch nicht wahrscheinlich, dass ich von dieser Idee so beeindruckt bin, dass sie mich in eine gefütterte Zelle stecken müssen und ich Handfesseln angelegt bekomme, sodass ich keine wiederholten Handstandüberschläge mache, unter der Halluzination, dass ich die Welt bin und mich drehen muss?«

»Nein«, antwortete der Doktor mit einem Lachen. »In der Tat, nein. Das wird aller Wahrscheinlichkeit nach nicht passieren, aber ich denke, es wäre eine gute Idee, dass Sie ihrer Halluzination weit genug folgen, indem sich einen Eiskuchen auf den Kopf stellen, in der Annahme, dass das der Nordpol ist, damit sie ihr Gehirn abkühlen.«

»Das ist eine gute Idee«, antwortete der Narr, »und wenn Mary mir das Eis bringt, dass dazu benutzt wurde, den Kaffee heute Morgen zu kühlen, wird es mir eine Freude sein, das Experiment zu versuchen. In der Zwischenzeit ist es eine ausgelaugte Welt.«

»Aber dann, um Himmels willen, warum verlassen Sie sie nicht und gehen in eine andere Welt?«, schnappte Mr Pedagog. »Sie sind nicht verpflichtet, hierzubleiben. Mit einem Fluss auf beiden Seiten der Stadt, und der New York Juggernaut Company Unlimited, die Straßenbahnen auf zwei unserer bekannteren Straßen auf und ab fahren lässt, ist der Selbstmord für alle in Reichweite.«

»Natürlich wären wir auf eine bestimmte Art traurig, sie zu verlieren, aber ich habe auch Männer gekannt, die sich sogar von größeren Heimsuchungen als dieser erholt haben.«

»Ich danke Ihnen für diesen Vorschlag«, antwortete der Narr, der vier große, mürbe Stücke vom Buchweizenkuchen auf seinen Teller transferierte. »Ich danke Ihnen vielmals, aber ich habe hier eine angenehmere und nachhaltigere Methode des Selbstmords direkt vor mir liegen. Tod durch Buchweizenkuchen, ist wie von einer Toledo-Stahlklinge durchbohrt zu werden. Sie bemerken den Schrecken ihrer Situation nicht, bis man aufhört empfindlich dafür zu sein.«

»Weiterhin glaube ich nicht an Selbstmord«, fuhr der Narr fort. »Es ist, meiner Meinung nach, das schlimmste Verbrechen, dem man begegnen kann, und ich kann nicht anders, als die bemerkenswerte Einsicht der Schicksalsgötter bewundern, die daraus das eigene Todesurteil machen.«

»Ein Mensch kann einen Mord begehen und dem Tod entgehen, aber bei der Durchführung des Selbstmords ist er seiner Hinrichtung sicher. Genauso, wie die Tugendhaftigkeit ihre eigene Belohnung ist, so steckt im Selbstmord die eigene Heimzahlung.«

»Heimzahlung? Haben Sie wieder im Lexikon gelesen?«, fragte der Poet.

»Nein, nicht genau«, sagte der Narr mit einem Lächeln, »aber – das soll eine Art Witz über mich sein, nehme ich an – ich bin bei dem Begriff hängen geblieben, weil ich einen höflichen Ausdruck gesucht habe, in einem Buch das Roget's *Thesaurus* genannt wird, und ich wollte ein neues Wort finden, dass meine offensichtliche Wichtigkeit für die Gesellschaft verbessert, deshalb habe ich es aufgeschlagen. Dabei war es auch, wo ich das Wort 'Heimzahlung' gefunden habe.«

»Ich glaube nicht, dass dessen Gebrauch in diesem speziellen Fall über 'herumbeckmessern' liegt – das ist auch ein Begriff aus dem Thesaurus – aber ich nehme nicht an, dass irgendjemand hier diese Tatsache erkennt. Heimzahlung gehört hierher und soll nicht anderweitig verwendet werden.«

»Es würde mich interessieren zu erfahren, wie *Sie* jemals zu einem Besitzer eines *Thesaurus* geworden sind«, sagte der Pedagog der Schulmeister, mit einem grimmigen Lächeln bei der die Vorstellung, dass der Narr ein solches Buch besitzt. »Ausgenommen davon ist die Tatsache der Ähnlichkeit. Sie sind beide sehr wortreich.«

»Das bedeutet pleonastisch, nehme ich an?«, gab der Narr zurück.

»Ich bitte um Verzeihung?«, sagte der Schulmeister.

»Schon gut«, sagte der Narr. »Ich werde den Vergleich nicht weiter fortführen, aber ich möchte denjenigen sagen, die selbst periphrastisch sind, es vermeiden sollten, andere dafür zu kritisieren, dass sie weitschweifig sind.«

»Ich denke, Sie meinen weitschweifend«, sagte der Schulmeister und erhob triumphierend seine Augenbrauen.

»Ich dachte mir, dass Sie das denken«, antwortete der Narr. »Das ist es, warum ich das Wort weitschweifig verwendet habe. Ich leihe ihnen gerne mein Wörterbuch, damit sie ihre

Phraseologie auffrischen können. In der Zwischenzeit erzähle ich Ihnen, wie es dazu gekommen ist, dass ich einen Thesaurus habe.«

»Ich hatte zuerst gedacht, das sei ein Tier, und als ich sah, dass ein New Yorker Buchhändler eine Menge davon hatte, die von zwei auf einen Dollar reduziert waren, schickte ich jemand hin und bekam einen. Ich dachte, es wäre merkwürdig für einen Buchhändler, seltene Tiere zu verkaufen, aber das war seine Sache, nicht meine.«

»Ich war gespannt zu sehen, was für eine Art Kreatur ein *Thesaurus* war, in den ich investiert hatte. Als ich herausgefunden hatte, dass es ein Buch war und kein zahmes Relikt aus der vorsintflutlichen Tierwelt, habe ich mir gedacht, ich sollte nichts weiter darüber sagen, aber ihr Leute hier seid so neugierig, sodass ihr mein Geheimnis herausgefunden habt.«

»Und war es denn kein Tier?«, fragte Mrs Smithers-Pedagog.

»Meine Liebe – meine *Liebe*!«, rief Mr Pedagog zu seiner Frau. »Ich bete – äh – ich bitte dich, beteilige dich nicht an dieser Diskussion.«

»Nein, Mrs Pedagog«, bemerkte der Narr, »das war es nicht. Es war nicht mehr, als ein Buch, und wenn sie es einmal gelesen haben, möchten Sie nicht mehr ohne es sein, denn es gibt ihrem Wortschatz einen Dreh, der sie unempfindlich macht gegen neunundneunzig von einhundert Plauderern, egal wie schwach ihre eigen Argumente sind.«

»Ich beginne, die Ursachen für ihre Erschöpfung verstehen«, bemerkte Mr Pedogog scharf. »Sie haben sich Silben gemerkt. Wirklich, ich sollte denken, dass sie in der Gefahr einer phonetischen Entkräftung sind.«

»Absolut nichts davon«, sagte der Narr. »Diese Wörter sind stimulierend, nicht bedrückend. Ich beginne, mich bereits wieder besser zu fühlen, nun, da ich sie ausgesprochen habe. Ich bin nicht mehr halb so ausgelaugt, wie ich es war, aber für meine Ermüdung hatte ich gute Gründe.«

»Ich habe die ganze Nacht unter einem äußerst schrecklichen Albtraum gelitten. Er hat meine Ruhe total zerstört.«

»Das Welsh Rarebit? [überbackenes Käsebrot]«, fragte der freundliche alte Gentleman, der sich gelegentlich besäuft, mit einem tadelnden Ton. »Wenn das so war, warum war ich dann nicht dabei?«

»Die Frage sollte gleich die Antwort sein, warum Sie nicht dabei waren«, antwortete der Narr. »Ein Mann der ein alleine ein überbackenes Käsebrot isst, ist nicht nur eine Person in missmutiger Verfassung, aber auch grob fahrlässig. Ich würde genauso wenig wagen, hier ein überbackenes Käsebrot ohne die geeignete Gesellschaft zu essen, wie ich daran denken würde, durch den Britischen Kanal zu schwimmen, ohne ein Rettungsboot in meinem Kielwasser.«

»Ich bezweifle, dass eine so leichte Person, wie sie, Kielwasser hinter sich haben kann!«, sagte Mr Pedagog kühl.

»Es tut mir leid, aber ich kann Ihnen nicht zustimmen, Mr Pedagog«, sagte der Bibliomane. »Sogar ein Schlepper, am unbedeutendsten unter den Seefahrzeugen, wühlt die Oberfläche der See mehr auf, als es ein Ozeandampfer tut. Wirbel umgeben die Federn mehr, als große Objekte.«

»Nun, beides können sich nicht mit einem Stück Seife vergleichen, die gibt richtigen Schaum«, sagte der Narr selbstgefällig, als er sich mit dem dreizehnten Stück Buchweizenkuchen bediente. »Was auch immer, Wellen haben nichts zu tun mit diesem Fall. Ich hatte einen höchst beängstigenden Traum, und der war nicht wegen des überbackenen Käsebrots, sondern wegen meiner fatalen Schwäche, die ich, da ich meinen Thesaurus nicht zur Hand habe, mit dem allgemeinen Begriff 'Höflichkeit' bezeichnen muss. Sie mögen das noch nicht bemerkt haben, aber Höflichkeit ist meine Stärke.«

»Wir haben die Tatsache nicht bemerkt«, sagte Mr Pedagog, »aber was ist damit? Waren Sie zu irgendjemandem höflich gewesen?«

»Das war ich«, antwortete der Narr, »und es ist ein Albtraum, was es mir gebracht hat. Darin bin ich gestern Abend mit der Straßenbahn in die Stadt gefahren. Ich habe meinen Sitz für sechzehn Ladys abgegeben, zwei davon, nebenbei gesagt, haben mir gedankt.«

»Ich sehe nicht, warum Ihnen mehr als eine davon danken sollte«, schnaubte die Vermieterin. »Wenn ein Mann seinen Sitz in der Straßenbahn an sechzehn Ladys abgibt, kann ihn nur eine davon besetzen.«

»Ich muss mich berichtigen«, sagte der Narr. »Ich habe einen Sitz sechzehnmal aufgegeben, zwischen City Hall und der 23. Straße.«

»Ich kann mich nicht dazu bringen, mich hinzusetzen, wenn eine Frau steht. Und jedes Mal, wenn ich wieder einen Sitz bekommen hatte, ist eine Frau eingestiegen. So ist es also, dass ich meinen Sitz an sechzehn Ladys abgegeben habe. Warum zwei von ihnen mir gedankt haben, wenn man die Regeln bedenkt, weiß ich nicht. Das ist sicherlich nicht gewöhnlich.«

»Wie auch immer, wenn ich in die Stadt gelaufen wäre, hätte ich nicht mehr körperliche Übung bekommen als in dieser Bahn, wo ich mich so viele Male auf und ab bewegt habe und hin und her geschlingert bin, jedes Mal, wenn die Bahn anhielt, anfuhr oder um eine Ecke bog.«

»Ob es der Dank oder das Herumschlingern war, dem ich ausgesetzt wurde, weiß ich nicht, aber die Ereignisse der Fahrt hatten einen so großen Eindruck auf mich gemacht, dass ich die ganze Nacht davon geträumt habe. Nur, in meinen Träumen hatte ich keine Straßenbahnsitze aufgegeben.«

»Den ersten Sitz, den ich an eine Frau abgegeben habe, war ein Achtzigtausend-Dollar-Sitz an der Börse. Es war eine teure Höflichkeit, aber ich habe es getan, und ich betrauerte den Verlust dermaßen, dass ich aufwachte und feststellte, dass es nur ein Traum war.«

»Dann bin ich wieder eingeschlafen. Diesmal war ich in der Oper. Ich hatte den besten Sitz im Haus, als eine Frau hereinkam, die keinen Stuhl hatte. Das gleiche Resultat. Ich stand auf. Sie setzte sich, und ich musste mich hinter eine Säule stellen, wo ich weder was sehen, noch hören konnte. Noch mehr Leid; ich wachte wieder auf, müder als ich zu Bett gegangen war.«

»Nach zehn Minuten schlief ich wieder. Ich fand mich als ehrgeiziger Staatsmann wieder, der für die Wahl zur Präsidentschaft antrat. Ich wurde gewählt und ins Amt eingeführt. Da kommt eine Kandidatin von den Frauenrechtlerinnen. Noch mehr Höflichkeit. Ich überließ ihr den Präsidentenstuhl und ging heim in die Vergessenheit, als ich wieder erwachte, müder als je zuvor.«

»Die Uhr schlug vier. Ich schlief wieder ein. Diesmal war ich auf alles vorbereitet, was passieren konnte. Ich fand mich in einer Straßenbahn wieder, aber ich hatte einen perforierten Stuhlsitz dabei, wie ihnen die Straßenhändler verkaufen. Eine Lady kam an Bord. Ich stellte den perforierten Stuhlsitz auf meinen Schoß, und bot ihr an, sich zu setzen. Sie dankte mir, und machte das. Dann stieg eine andere Lady ein. Die Lady auf meinem Schoß rutschte zur Seite und machte Platz für die zweite Lady. Sie setzte sich auch.«

»Zusammen mussten sie dreihundert Pfund gewogen haben. Ich hätte das ausgehalten, aber als die Zeit verging, stiegen mehr Ladys ein, und jedes Mal passierte es, dass die schon Sitzenden weiter rutschten, um ihnen Platz zu machen.«

»Wie sie das machten, kann ich nicht sagen, genauso wenig, wie im richtigen Leben sagen kann, wie es drei Frauen Platz schaffen auf einem Autositz finden, der von einem kleinen Kind geräumt wurde. Sie machten das Erstgenannte, genauso wie sie das Letztere taten, bis ich mich schließlich flach in die Bank hineingedrückt wiederfand, wie ein Muster im Teppich.«

»Ich fühlte mich wie eingeschnitzte Gemme; genau gezählte dreißig Frauen drückten auf mich sozusagen auf die Stelle, aber das Schlimmste von allem war, dass sie nirgendwo zu wohnen schienen. Wir fuhren weiter und weiter und weiter, aber niemand stieg aus. Ich versuchte, mich zu bewegen – ich konnte nicht.«

»Schließlich fuhren wir an meiner Straßenecke vorbei, aber hier war ich, fest fixiert. Ich konnte nicht atmen, ich konnte deshalb auch nicht herausrufen, ich glaube wahrhaftig, dass ich zu dieser Zeit Hongkong erreicht gehabt hätte, wenn ich nicht aufgewacht wäre, denn ich habe eine deutliche Erinnerung daran, dass ich durch Chicago, Denver, San Francisco und Honolulu gefahren bin.«

»Schließlich wachte ich auf, jedoch ziemlich erschöpft von meiner Nachtruhe, was, Gentlemen, der Grund ist, warum ich sage, das ist eine ausgelaugte Welt.«

»Nun, da mache ich Ihnen keinen Vorwurf«, sagte Mr Whitechoker gütig. »Das war ein höchst bemerkenswerter Traum.«

»Ja«, stimmte Mr Pedagog zu. »Aber ziemlich so, wie er auch im Wachzustand denkt.«

»Sehr gut möglich«, sagte der Narr, der sich erhob und bereitmachte, wegzugehen. »Er war in den meisten Teilen absurd, aber in einem davon war er ausgezeichnet. Deswegen werde ich heute den Präsidenten der Electric Juggernaut Company, wie ihr sie nennt, sehen. Ich denke, da liegt Gewinn in der Idee, einen Extra-Stuhlsitz für jeden Mitfahrenden zu haben, den er auf seinem Schoß legen kann. Auf diese Weise können doppelt so viele sitzende Passagiere untergebracht werden, und unzählige Leute mit zarten Füßen wird die Qual erspart, dass andere Weggenossen sich draufstellen.«

Transatlantische Seilbahngesellschaft

»Wenn ich ein Millionär wäre«, begann der Narr an einem Sonntagmorgen, als er und seine Freunde ihre angestammten Plätze am Frühstückstisch einnahmen, »würde ich ein Zehntel meines Einkommens den Armen geben, ein Zehntel an den Frischluft-Fonds für Kinder, und den Rest für die Bildungsreisen eines lieben Freundes.«

»Das wäre eine großzügige Verteilung ihres Vermögens«, sagte Mr Whitechoker gnädig. »Aber wovon würden Sie dann selbst leben?«

»Ich würde bei den Verhandlungen mit meinem lieben und intimen Freund festlegen, dass wir untrennbar wären, und wohin er auch geht, würde ich auch gehen. Von den Mitteln, die für seine Bildungsreisen gedacht sind, würde die Hälfte an mich gehen, als Provision, dass ich ihn eine solch gute Sache ermöglicht habe.«

»Sie haben mit Sicherheit ein gutes Gespür fürs Geschäft«, warf der Bibliomane ein. »Ich wünschte, ich hätte das auch gehabt, als ich seltene Buch-Ausgaben gesammelt habe.«

»Ich denke, dass das Sammeln von seltenen Ausgaben und guter Geschäftssinn oft nicht zusammenpassen«, sagte der Narr. »Ich hatte einmal selbst Bücher gesammelt und das dann aufgegeben und Münzen gesammelt. Ich habe meine Münze gewählt und meine Zeit nur dieser einzigen Variante gewidmet, und es hat sich für mich ausgezahlt.«

»Ich weiß nicht genau, was sie meinen«, sagte Mr Whitechoker. »Sie haben ihre Münze gewählt?«

»Ganz genau, das habe ich gesagt.«

»Schauen Sie! Die meisten Münzsammler verbringen ihre Zeit damit, nach ein oder zwei seltenen Münzen zu suchen, und wenn sie diese finden, zahlen sie fantastische Preise. Das Resultat ist oft armselig.«

»Ich, dahingegen, schaue nach ganz gewöhnlichen Münzen, die keine fabelhaften Preise fordern. Deshalb habe ich die United States Fünf-Dollar-Goldmünzen ausgewählt, unabhängig vom Prägedatum, und das Ergebnis war ein bescheidener Überschuss.«

»Ich habe zwischen sechzig und einhundert von diesen Münzen bei meiner Sparkasse, und wenn ich es nötig hatte, sie zu Geld zu machen, habe ich niemals auch nur die geringsten Schwierigkeiten gehabt, sie zum Erstehungspreis wieder in Verkehr zu bringen.«

»Sie sind ein weiser Narr«, sagte der Bibliomane, der sich in einer trotzigen, müden Art in seinen Stuhl zurücklehnte. Er hatte von dem Narren, als Sammelkollege, einiges an Sympathie erwartet, obgleich ihre Ziele verschieden waren.

»Es ist immer schwierig für einen Mann«, fuhr der Bibliomane fort, »dessen Zehntausend-Dollar Bibliothek schließlich nur sechshundert Dollar in der Auktion gebracht hat, jemanden zu finden, selbst innerhalb von den Sammlern, der ihm anschließend hilft, die dadurch entstehende Belastung zu ertragen, mit tröstenden Bemerkungen, die Vertrauen in seinen Verstand bekunden.«

»Dann glauben Sie also an Reisen, Mr Narr?«, fragte der Doktor, der wieder zum Thema kam.

»Ich denke, dass nichts so sehr den Verstand erweitert«, erwiderte der Narr.

»Denken Sie, dass es einen Verstand erweitert, wo keiner ist?«, fragte der Schulmeister Pedagog unfreundlich. »Oder, um es vorteilhafter auszudrücken, denken Sie nicht, dass es gefährlich wäre, den Keim eines Verstands in einen kleinen Kopf zu bringen und ihn dann auszuweiten, bis man dem Risiko begegnet, dass er in einem zu engen Quartier eingesperrt ist?«

»Das ist eine Frage, die ein Mediziner beantworten kann«, sagte der Narr. »Aber wenn ich Sie wäre, würde ich nicht reisen, wenn Sie denken, dass eine solche Gefahr besteht.«

»Tu quoque*«, gab der Schulmeister zurück, »bedeutet keine Schlagfertigkeit.«

[*lat. *'du auch'*, der Versuch, eine gegnerische Position oder These durch einen Vergleich mit dem gleichartigen Verhalten des Gegners zurückzuweisen]

»Da muss ich ihrem Wort vertrauen«, antwortete der Narr, »da ich kein lateinisches Wörterbuch bei mir habe, und das ganze Latein, das ich beherrsche, kann man in den Zitaten am Ende des Wörterbuches finden, wie *'Status quo ante'*, *'In vino vertitas und 'Et tu, Brute'*.«

»Jedoch, wie ich schon sagte, liebe ich es, zu reisen, und ich würde das auch machen, wenn es nicht den Umstand gäbe, dass ich und das Meer nicht auf gutem Fuß miteinander stehen. Es macht mich schon krank den East River auf der Brücke zu überqueren; ich bin so anfällig für die Seekrankheit.«

»Sie können ihn in ein paar Tagen überqueren«, sagte der geniale alte Gentleman, der sich gelegentlich besäuft. »Ich habe den Ozean ein

Dutzend Mal überquert, und ich werde niemals seekrank, nachdem ich drei Tage draußen war.«

»Ah, aber dieser drei Tage!«, sagte der Narr. »Sie müssen den drei Karenztagen auf einem Bank-Wechsel ähnlich sein, den sie nie begleichen können, auch wenn sie drei Jahre Karenzzeit hätten. Ich könnte sie nicht aushalten, befürchte ich.«

»Nun«, fuhr er fort, »letzten Sommer habe ich eine Fahrt hinaus aufs Land unternommen, und die Bewegungen des Wagens, als er über die Buckel auf der Straße fuhr, hatten mich so krank gemacht, noch bevor ich eine Meile gefahren war, dass ich mich hinlegen und sterben wollte. Ich denke, ich hätte das gemacht, wenn das Pferd nicht davongerannt wäre und mich gezwungen hätte, nach Hause zu fahren, ob ich nun wollte, oder nicht.«

»Sie müssen das bekämpfen«, sagte der Doktor. »Nach und nach, wenn sie Schwächen dieser Art nachgeben, werden sie die Falten in ihrer Morgenzeitung beim Lesen ähnlich beeinträchtigen. Wenn sie irgendwann einmal Geburtstag haben, lassen Sie uns das wissen, und wir helfen Ihnen, diese Veranlagung loszuwerden, indem wir Ihnen einen Baby-Hopser kaufen um darin jeden Morgen herumzuschwingen, bis Sie sich an die Bewegung gewöhnt haben.«

»Es wäre nützlicher«, antwortete der Narr, »wenn Sie als Arzt ein Mittel zur Verhinderung der Seekrankheit erfinden. Ich würde davon eine Flasche kaufen, sofort meine Münzsammlung veräußern und ins Ausland reisen, wenn Sie garantieren, dass es entweder kuriert oder sofort tötet.«

»Es gibt ein solches Mittelchen«, sagte der Doktor.

»Das gibt es in der Tat«, warf der geniale alte Gentleman ein, der sich gelegentlich besäuft. »Ich habe es ausprobiert.«

»Und, waren Sie seekrank?«, fragte der Doktor.

»Das habe ich nie herausgefunden«, antwortete der geniale alte Gentleman. »Es hat mich so krank gemacht, dass ich nie daran gedacht hatte, zu fragen, was mit mir los war. Aber eines ist sicher, ich mache meine Seereisen direkt danach.«

»Ich fahre lieber mit der Eisenbahn«, sagte der Narr nach einem Moment des Nachdenkens.

»Das ist ein Verlangen, das ziemlich charakteristisch für Sie ist«, sagte der Schulmeister. »Es ist sehr wahrscheinlich, dass Sie das machen. Warum sagen Sie nicht, dass Sie den Atlantik an einem festen Drahtseil überqueren wollen?«

»Weil ich keine solchen Ambitionen habe«, antwortete der Narr. »Es könnte jedoch Spaß machen, wenn es das Drahtseil von einer Seilbahn wäre, und man könnte bequem in einer geräumigen Kabine sitzen, während man über das Wasser schießt. Ich würde denken, dass das aufregend genug ist. Denken Sie nur, wie wunderbar es an einem stürmischen Tag wäre, wenn man am Kabinenfenster sitzt und hinausschaut und dabei weit über der Oberfläche der tobenden, aber machtlosen See mit elektrischer Geschwindigkeit dahinsaust, und die Wellen herausfordert, ihr Schlechtestes zu tun – das wäre Glückseligkeit.«

»Und so praktisch«, grummelte der Bibliomane.

»Glückseligkeit ist selten praktisch«, sagte der Narr. »Glückseligkeit ist eine Art von unklarem Segen – zu voll von dem Idealen und zu wenig von der Zweckmäßigkeit.«

»Nun«, sagte Mr Whitechoker, »ich weiß nicht, warum wir behaupten sollen, dass es niemals eine Seilbahn zwischen New York und London geben wird. Wenn wir vor einhundert Jahren unseren Großvätern gesagt hätten, dass ein Kabel zur Nachrichtenübertragung auf den Boden des Meeres gelegt wird, hätten sie uns verspottet und ausgelacht.«

»Das ist wahr«, sagte der Schulmeister, »aber wir wissen mehr, als es unsere Großväter getan haben.«

»Nun, so ist es«, unterbrach der Narr. Mein Urgroßvater, der 1799 gestorben ist, hatte niemals von einem Andrew Jackson gehört [1829 - 1837 siebter Präsident der USA], und wenn man ihn gefragt hätte, was er von Darwin* hält, hätte er gedacht, dass man ihn lächerlich machen will.

[* ähnliches Wort im Slang: 'Darwin'd'. Jemand, der was total Dummes tut und sich dadurch umbringt. Er tut damit der Menschheit einen Gefallen, weil so geistige Defekte aus der genetischen Masse genommen werden, nach Darwins Vermehrungstheorie]

»Respekt vor dem Alter, Sir«, gab Mr Pedagog zurück, »hält mich davon ab, ihren Urgroßvater zu charakterisieren, wenn er, wie Sie andeuten, noch weniger wusste, als Sie. Dennoch, abgesehen von dem vergleichbaren Mangel an Wissen in der Familie des Narren, müssen Sie, Mr Whitechoker, sich daran erinnern, dass wir selbst, mit dem Voranschreiten der Jahrhunderte, eine bestimmte Masse an Gehirn entwickelt haben – genug jedenfalls, um zu verstehen, dass es Grenzen gibt, sogar für die Elektrizität.«

»Nun, wenn Sie sagen, dass wir über niemanden lachen sollen, der die Möglichkeit einer Meeresseilbahn zwischen London und New York im zwanzigsten Jahrhundert andeutet, nur weil ein atlantisches Unterwasserkabel im achtzehnten Jahrhundert als ein Objekt des Spotts betrachtet worden wäre, erscheint es mir, dass sie reden – äh – reden – ich möchte nicht Unsinn sagen zu jemandem, der eine geistlichen Kleidung trägt, aber – «

»Dass er dummes Zeug redet, ist die Redewendung, an die Sie sich erinnern wollten, denke ich, Mr Pedagog«, sagte der Narr. »Mr Whitechoker redet dummes Zeug, ist das, was Sie sagen wollten.«

»Es tut mir leid, Mr Narr«, sagte der Schulmeister, »aber wenn ich ihre Unterstützung bräuchte, um

44

meine Konversation zu ergänzen, würde ich – äh – würde ich das Reden aufgeben.«

»Ich wollte sagen, dass ich denke, dass Mr Whitechoker seine Folgerungen nicht rechtfertigen kann und spricht, ohne dem betreffenden Thema, über das er redet, genügend Aufmerksamkeit gewidmet zu haben.«

»Das Kabel läuft über einem festen Fundament des Meeresbodens. Es ist eine vergleichbar einfache Sache, aber ein Seilbahnkabel, das sich über den Ozean erstreckt, könnte nicht oben gehalten werden, aufgrund der einfachsten Regeln der Gravitation.«

»Sie haben ohne Zweifel recht«, sagte Mr Whitechoker kleinlaut. Ich habe nicht gemeint, dass ich jemals eine Seilbahn über den Ozean hinweg erwarte, ich wollte nur sagen, dass die Menschheit solch wundervolle Fortschritte in den vergangenen einhundert Jahren gemacht hat, dass wir nicht wirklich die Grenzen der Möglichkeiten festlegen können. Es ist klar, dass heute niemand einen Plan erarbeiten könnte, durch den solch ein Drahtseil getragen werden könnte, aber – «

»Ich befürchte, dass ihr Gentlemen als Erfinder verhungern würdet«, sagte der Narr. »Was wäre mit Ballons?«

»Ballons für was?«, erwiderte Mr Pedagog.

»Um die Seilbahndrähte oben zu halten«, antwortete der Narr. »Das ist hervorragend umsetzbar. Befestigen Sie erst die Enden ihres Drahtes in London und New York, und zwischen Küste zu Küste stationieren sie dann zwei Verbindungen mit ausreichender Stärke, welche den Draht, so weit wie Sie wollen, mit Ballons über dem Meer halten. Das ist einfach genug.«

»Und was, erklären Sie es mir, würde in dieser Rage der Elemente, in diesem tobenden Sturm, von dem Sie gesprochen haben, die Ballons davon abhalten, weggeweht zu werden?«, sagte Mr Pedagod ungeduldig.

»Der Seilbahndraht natürlich«, sagte der Narr.

Mr Pedagog verfiel für einen Moment in eine verzweifelte, grimmige Stille und sagte dann: »Nun, ich hoffe, ihr Plan wird angenommen, und die Förderer ernennen Sie zu Oberaufseher, mit dem Büro in einem Ballon mitten auf dem Ozean.«

»Ich danke für ihre guten Wünsche, Mr Pedagog«, antwortete der Narr. »Wenn das alles in die Tat umgesetzt wird, werde ich mich daran erinnern und ihnen meinen Dank zeigen, indem ich sie mit der Leitung des Gas-Service beauftragen. In der Zwischenzeit glaube ich jedoch, dass unsere Ozeandampfer nach logischen Prinzipien weiterentwickelt werden könnten, sodass die Reise von New York nach Liverpool in viel kürzerer Zeit gemacht werden könnte, als man jetzt dafür braucht.«

»Wir kommen wieder zurück zum gesunden Menschenverstand«, sagte der Bibliomane. »Das ist ein Vorschlag, dem ich zustimmen kann. Vor zehn Jahren hatte man acht Tage für eine Reise als gut befunden. Mit der Entwicklung des Doppelschrauben-Dampfers wurde die Zeit auf ungefähr sechs Tage reduziert.«

»Oder eine echte Einsparung von zwei Tagen durch die Extraschraube«, sagte der Narr.

»Ganz genau«, bemerkte der Bibliomane.

»Also«, sagte der Narr, »angenommen, es gibt genügend Extraschrauben, dann gibt es keinen

Grund, warum die Reise nicht in zwei oder drei Stunden gemacht werden könnte.«

»Ach, was war das?«, sagte der Bibliomane. »Ich kann Ihnen nicht ganz folgen.«

»Eine Extraschraube, sagten Sie, hat zwei Tage gespart?«

»Ja.«

»Dann würden zwei Extraschrauben vier Tage sparen, drei würden sechs Tage sparen, und fünf Extraschrauben würden das Schiff praktisch sofort ankommen lassen«, sagte der Narr. »Wenn es also nur zwei Stunden braucht, bis ein Mann seekrank wird, und das Boot in kürzerer Zeit hinüberfährt, würde die Seekrankheit eliminiert. Die Boote könnten alle zwei Stunden fahren und Mr Whitechoker könnte jede Woche eine Europareise machen, ohne seine Gemeinde zu verlassen.«

»Ein unschätzbarer Segen!«, rief Mr Whitechoker mit einem Lachen.

»Wäre das nicht schön!«, sagte der Narr. »Sofern sich meinen Geist nicht auf etwas anders richtet, denke ich, dass ich in diesem Land bleibe, bis die Art der Greyhound-Busse perfektioniert ist. Dann, Gentlemen, werde ich mich von Ihnen losreißen, und Wissen in fremden Gefilden suchen.«

»Nun, ich bin sicher«, sagte Mr Pedagog, »ich bin sicher, dass wir alle hoffen, Sie richten ihren Geist auf etwas anderes.«

»Dann wollen Sie also, dass ich ins Ausland gehe?«, sagte der Narr.

»Nein«, sagte Mr Pedagog. »Nein – das nicht so sehr. Wir denken, bei einer Änderung ihres Geistes würden sich die Dinge verbessern. Ein Geist wie der ihre muss verändert werden.«

»Nun, ich weiß nicht«, sagte der Narr. »Ich denke, dass es gut wäre, wenn ich ihn in kleinere Stücke aufteile, aber ich habe ihn schon so lange, dass ich ihm recht zugetan bin. Es gibt aber etwas, was ihn betrifft – es gibt viel davon. Wenn einer von Euch Gentlemen den eigenen als unzureichend empfindet, wäre ich nur zu glücklich, ihm ein Stück davon kostenlos abzugeben. In der Zwischenzeit wäre ich sehr verbunden, wenn Mrs Pedagog gütig genug ist, mir die Rechnung für nächste Woche zu geben.«

»Sie wird vor morgen nicht fertig sein, Mr Narr«, sagte die Vermieterin überrascht.

»Das ist schade«, sagte der Narr, der sich erhob. »Mein Notizpapier ist ausgegangen. Ich wollte heute Morgen ein Gedicht auf die Rückseite der Rechnung schreiben.«

»Ein Gedicht? Über was?«, sagte Mr Pedagog mit einem irritierten Glucksen.

»Es sollte ein Triolett über die Allwissenheit werden«, sagte der Narr. »Und, seltsam das zu sagen, Sir, sollten Sie der Held darin sein, wenn es mir irgendwie möglich wäre, sie in eine französische Form zu bringen.«

Gründung einer Narrengesellschaft

»Wie laufen die Geschäfte heutzutage, Mr Narr?«, fragte der Poet, als der Angesprochene die Morgenzeitung mit einem vergrämten Gesichtsausdruck weglegte. »Gut, hoffe ich.«

»Nur mittelmäßig«, antwortete der Narr. »Mein verehrter Arbeitgeber war gestern ziemlich betrübt über alles, und wenn ich es nicht abgewehrt hätte, dann denke ich, dass der Vorschlag von ihm gekommen wäre, die Plätze mit mir zu tauschen.«

»Er hat in letzter Zeit ziemlich oft gesagt, dass ich den besseren Teil habe, denn alles, was ich verdienen muss, war mein Gehalt, während er sowohl mein Gehalt verdienen musste und dazu noch seinen eigenen Lebensunterhalt.«

»Ich habe angeboten, ihm zehn Prozent meines Gehalts zu geben, für zehn Prozent seiner Einkünfte, aber er sagte, dass er denke, dies nicht zu tun, wobei er hinzufügte, dass ich ihm, wie immer, als ein großer Narr vorkomme.«

»Ich denke, da hatte er recht«, sagte Mr Pedagog. »Ich würde wirklich gerne wissen, wie ein Mann und Hobby-Poet mit ihrer besonderen mentalen Konstruktion den geringsten praktischen Wert für einen Banker haben kann. Ich stelle die Frage auch in aller Gutmütigkeit und möchte keinerlei Betrachtungen über Sie oder ihren Arbeitgeber anstellen. Sie sind ein durchschlagender Erfolg auf ihre eigene Art, was alles ist, was man von Ihnen verlangen kann.«

»Wie sagte der Schwarze zu uns Pensionsgästen? 'Hier ist *'Hominy'* für Sie [Hominy = Maismehl, klingt im afroamerikanischen Dialekt wie Harmony = Harmonie]«, entgegnet der Narr. Jeder, der sagt, dass es Zwietracht an diesem Tisch gibt, weiß nicht, wovon er redet. Das betrifft sogar die Öl- und Essig-Mischung im Behälter, von der ich annehme, dass sie sie von der ölhaltigen Erscheinung des Essigs herstellen.«

»Ja, ich bin sehr nützlich für meinen Arbeitgeber, Mr Pedagog«, fuhr er fort. »Er sagt dauernd, dass er nicht wüsste, was er *nicht* tun sollte, wenn es nicht für mich wäre.«

»Verlieren Sie nicht die Kontrolle über ihre Zunge?«, fragte der Bibliomane, der den Narren verwundert ansah. »Meinten Sie, dass er sagt, er würde nicht wissen, was er *tun* sollte, wenn es nicht für Sie wäre?«

»Nein, das tue ich nicht«, sagte der Narr. »Ich verliere niemals die Kontrolle über meine Zunge. Ich meine genau, was ich gesagt habe.«

»Mr Barlow sagte mir, in so vielen Worten, wenn es nicht für mich wäre, wüsste er nicht, was er *nicht* tun sollte.«

»Er nennt mich seinen kontraindikatorischen Berater. Wenn er sich in einem schwierigen Fall nicht im Klaren ist, ruft er nach mir und sagt: 'Das und das ist der Fall, Mr Narr, was würden Sie tun? Denken Sie nicht lange darüber nach, und sagen Sie es mir aus einem Impuls heraus. Ihre gedankenlosen Meinungen sind mir mehr wert, als ich es Ihnen sagen kann'.«

»So sage ich es ihm, ganz impulsiv, was ich tun würde, woraufhin er genau das Gegenteil tut, und kommt in neun von zehn Fällen vorteilhaft dabei heraus.«

»Und das geben Sie zu, äh?«, sagte der Doktor, mit verzogener Lippe.

»Natürlich tue ich das«, sagte der Narr. »Die Welt muss mich nehmen, so wie ich bin. Ich werde nicht eine Person für mich sein, und baue einen fiktiven Narren für die Welt auf.«

»Die Welt nennt euch eingebildete Männer, die etwas vorspiegeln. Obwohl, wenn man etwas vorspiegelt, das man nicht ist, gibt man der Welt etwas, was ich als überzeugenden Beweis bezeichnen möchte, das man überhaupt nicht eingebildet ist, aber eher ein wenig verschämt über das, was man darüber weiß, was man ist.«

»Nun, ich glaube lieber an Eingebildetheit – echten, ehrlichen Stolz auf das, wie man sich selbst kennt. Ich bin ein Narr, und es ist mein Ehrgeiz, ein perfekter Narr zu sein. Wenn ich als Trottel geboren worden wäre, hätte ich mich bemüht, ein perfekter Trottel zu sein.«

»Das wäre Ihnen leicht gefallen«, sagte Mr Pedagog trocken.

»Wäre das so?«, sagte der Narr. »Ich muss mich da auf ihr Wort verlassen, Sir, denn ich war nie ein Trottel und deshalb kann ich mir diesbezüglich keine Meinung bilden.«

»Hochmut kommt vor dem Fall«, sagte Mr Whitechoker, der eine Gelegenheit sah, eine moralische Betrachtung anzubringen.

»Genau«, sagte der Narr. »Deshalb bewundere ich den Hochmut. Es ist ein Alarmsignal, das dem Menschen ermöglicht, den Fall zu vermeiden. Wenn Adam hochmütig gewesen wäre, wäre er nie gefallen – aber was die Kontrolle meiner Zunge anbelangt, ist es nicht ganz ausgeschlossen, dass ich die Kontrolle über mich selbst verlieren könnte.«

»Das habe ich früher oder später erwartet«, sagte der Doktor. »Ist es die Bloomingdale Irrenanstalt oder eine private Einrichtung, wohin Sie gehen?«

»Weder noch«, antwortete der Narr ruhig. »Ich werde hier bleiben. Denn, wie der Poet sagt, 'es ist besser die Krankheiten zu ertragen, die wir haben, als auf die anderen zu fliegen, die wir nicht haben'.«

»Ho!«, jubelte der Poet. »Ich muss zugeben, mein lieber Narr, dass ich nicht denke, sie wären ein Erfolg bei Zitaten. Hamlet hat diese Zeilen anders gesprochen. Er sagte, '«

»Shakespeares Hamlet hat das getan. Mein kleiner persönlicher Shakespeare macht seinen Hamlet zu einer völlig anderen, weniger gekünstelte Person«, sagte der Narr.

»Sie haben einen persönlichen Shakespeare, ist das so?«, fragte der Bibliomane.

»Natürlich habe ich das«, antwortete der Narr. »Haben Sie keinen?«

»Das habe ich nicht«, sagte der Bibliomane kurz.

»Nun, dann tut es mir leid für Sie«, seufzte der Narr und steckte sich eine gebratene Kartoffel in den Mund. »Sehr leid.«

»Ich würde keinen Cent für die Ideale eines anderen Mannes geben«, fuhr der Narr fort. »Ich will meine eigenen Ideale, und ich habe mein eigenes Ideal von Shakespeare. In der Fantasie sind Shakespeare und ich zusammen über die Felder von Warwickshire gewandert, und ich hatte mehr Spaß daran, mir die Dinge vorzustellen, die er und ich uns gesagt hätten, als ich jemals aus seinen veröffentlichen Theaterspielen bekommen habe, von denen wenige den unsanften Händen der Vernichter entkommen sind.«

»Sie meinen Kritiker, denke ich«, sagte Mr Pedagog.

»Ja, die meine ich«, sagte der Narr. »Es ist egal, ob Sie sie Kritiker oder Vernichter nennen. Jedes Jahr kommen Neuauflagen von Shakespeare heraus, und die Leute kaufen sie, nicht, um zu sehen, was Shakespeare geschrieben hat, sondern welche neue geistreiche Bemerkung ein eigenwilliger Vernichter versucht hat, an sein Andenken anzuheften. In einhundert Jahren werden die Werke von Shakespeare so von dem abweichen, wie sie heute sind, wie die Versionen von heute sich von dem unterscheiden, was sie waren, als Shakespeare sie geschrieben hat.«

»Sie werden durch ihre eigenen Worte überführt«, sagte der Bibliomane. »Vor einem Moment haben Sie ihr Mitleid an mich verschwendet, weil ich Shakespeare nicht so verändert habe, als ihn zu meinem eigenen zu machen, und nun greifen sie die Kommentatoren an, dass Sie genau das machen. Sie haben genauso das Recht auf ihre eigene Meinung, wie Sie.«

»Haben Sie jemals gelernt, Parallelen zu ziehen, als Sie in der Schule waren?«, fragte der Narr.

»Das habe ich, und ich denke, dass ich perfekte Parallelen in diesem Fall gezogen habe. In einem Atemzug greifen Sie Leute für etwas an, das Sie im nächsten Moment bedauern, das ich es nicht getan habe«, sagte der Bibliomane.

»Das stimmt so nicht«, sagte der Narr. »Ich protestiere nicht gegen die Kommentatoren wegen des Kommentierens, aber ich protestiere dagegen, dass sie ihre eigenen Versionen von Shakespeare als den echten Shakespeare herausgeben. Ich könnte genauso gut meine eigenen Ausgaben veröffentlichen lassen. Die wären sicherlich allgemein beliebt, besonders wo ich in 'Julius Caesar' fünf Cassiuse vorstelle und sie alle gemeinsam mit militärischer Präzision in ihr Schwert fallen lasse, zum Beispiel wie ein 'Florodora Sextett'« [englisches Musical von 1899 mit *sechs* Hauptdarstellern].

»Nun, ich hoffe, dass Sie niemals eine solche Grausamkeit, wie das, drucken lassen«, rief der Bibliothekar aufgeregt. »Wenn es eine Sache in der Literatur gibt, die nicht zu entschuldigen und schrecklich verachtenswert ist, dann ist es die Comic-Version eines Meisterwerks.«

»In dieser Hinsicht brauchen Sie keine Angst zu haben«, gab der Narr zurück. »Ich habe nicht die Zeit, Shakespeare umzuschreiben, und da ich niemals vor einer absoluten Vollständigkeit aufhöre, werde ich mich nicht an eine solche Unternehmung heranmachen. Wenn ich das aber tun würde, dann nicht so, wie es die Kommentatoren machen. Ich würde nicht auf meine Titelseite schreiben 'Shakespeare, editiert von Willie Wikins', sondern nur 'Shakespeare, wie er hätte sein können, wenn seine Werke von einem Narren geschrieben worden wären'.«

»Ich zweifle nicht daran, dass Sie eine großartige Arbeit bei Hamlet leisten könnten«, bemerkte der Poet.

»Das denke ich auch«, sagte der Narr. »Aber ich werde nie 'Hamlet' schreiben. Ich möchte nicht, dass mein gerechter Ruhm durch die gnadenlosen Hände der Vernichter zerstört wird.«

»Ich werde nie aufhören, zu bedauern«, sagte Mr Pedagog, nach einem Moment des Nachdenkens, «dass Sie so schüchtern sind. »Ich würde gerne 'Die Arbeiten des Narren' sehen. Ich gebe zu, dass mein Verlangen mehr oder weniger makaber ist. Es ist ziemlich identisch mit dem Gefühl, das in mir aufkommt und das mich dazu bringt, den unglücklichen Mann sehen zu wollen, der in der Bowery [Vergnügungsviertel in New York] für einen Dime [zehn Cent] seine Stirn zeigt, die vierzig Zentimeter hoch ist, von den Augenbrauen an gerechnet. Das Seltsame, das Bizarre in der Natur, hat mich immer interessiert. Je unnatürlicher die Natur ist, umso mehr glotze ich sie an. Unter diesem Aspekt, hoffe ich ernsthaft, dass sie mir eine Arbeit von Ihnen wenigstens einmal zeigen, wenn sie sich dazu angeregt haben.«

»Sehr schön«, antwortete der Narr. »Ich werde ihren Namen als Abonnent des 'Monatliches Narren Magazin' notieren, das einige Freunde von mir in Erwägung ziehen, zu publizieren. Das ist es, wenn ich sage, ich könnte kurz die Kontrolle über mich verlieren. Diese Freunde von mir waren so beeindruckt von meinen geflügelten Worten, dass sie mich gefragt haben, ob ich es zulassen würde, in eine Aktiengesellschaft umgewandelt zu werden, mit dem Zweck, meine Persönlichkeit in gedruckte Seiten umzusetzen.«

»Es geht kaum ein Tag vorbei«, fuhr der Narr fort, »an dem ich nicht einen Teil meiner Arbeit einem Gedicht widme, in dem meine Gedanken deutlich werden, entweder durch deren Abwesenheit oder deren Anwesenheit. Meine Programme für die Verbesserung der Bedingungen für die zivilisierte Welt sind berüchtigt unter denen, die mich kennen. Meine Ansichten über aktuelle Themen sind gesucht; mein geschäftlicher Instinkt, wie ich schon Ihnen schon sagte, ist für meinen Arbeitgeber unverzichtbar, und meine Fiktionen sind in ihrer Fiktionalität unübertroffen.«

»Was braucht es mehr für ein Magazin?«, sagte der Narr. »Man hat die Poesie, die Philanthropie, den Mann von heute, die Fiktionalität und den Geschäftssinn – alles, was alles notwendig ist, für ein erfolgreiches Magazin, alles in einer Person.«

»Warum sollte man diese Person nicht publizieren?«, fuhr er fort. »Sagt es mir meine Freunde, und ich, der fühlt, dass kein Mann das Recht auf ein alleiniges, egoistisches Genießen der großen Geschenke hat, welche die Natur ihm hat zuteilwerden lassen, kann dem nur zustimmen.«

»Ich werde mit einem Grundkapital von fünfhunderttausend Dollar gegründet, davon wird mir erlaubt, einhunderttausend Dollar für mich zurückzubehalten, der Rest wird von meinen Freunden für fünfzig Cent pro Dollar übernommen. Wenn irgendjemand von ihnen Aktien in der Gesellschaft haben will, bin ich sicher, dass man dem nachkommen kann.«

»Ich bin ihnen für diese Gelegenheit sehr verbunden«, sagte der Doktor. »Ich muss vorsichtig sein, bei welchen Gelegenheiten ich in Aktien investiere, und generell betrachte ich Sie als eine Sache, von der ich keine Aktien kaufen sollte.«

»Und ich«, bemerkte Mr Pedagog – »ich habe bis zum heutigen Tag keine Aktien an Ihnen gekauft, und habe es mir zur Regel gemacht, mich durch Präzedenzfälle leiten zu lassen. Deshalb muss ich ausgeschlossen werden.«

»Ich warte, bis Sie an der Börse gelistet sind«, warf der Bibliomane ein, »inzwischen danke ich ihnen für die Gelegenheit.«

»Sie können mich für den Kauf einer Aktie notieren, zu bezahlen in Poesie«, sagte der Poet mit einem Augenzwinkern für den Narren.

»Da können Sie so niemals voll aufbringen«, sagte der Narr verschlagen.

»Und ich«, sagte der geniale alte Gentleman, der sich gelegentlich besäuft, »ich würde mich sehr glücklich schätzen, fünf Aktien zu übernehmen, zu bezahlen in Ratschlägen und 'High-Balls' [alkoholisches Mixgetränk]. Darüber hinaus, wenn ihre Gesellschaft einen 'Goodwill' braucht [guter Wille, immaterielle Firmenwerte], können sie auf mich für unbegrenzten Kredit zählen.«

»Oh, was das anbelangt«, sagte der Narr. »Ich habe viel vom guten Willen. Selbst Mrs Pedagog versorgt mich mit mehr als ich verdiene, aber natürlich überhaupt nicht mit allem, was ich mir wünsche.«

»Der Goodwill ist ihr Individuum, Mr Narr«, entgegnete der Schulmeister. »Wenn Sie das jedoch als Gesellschaft machen, kann ich es Ihnen nicht gestatten, mit mir ein Geschäft zu machen, nicht einmal für das. In meinen Augen ist ihr Wert insgesamt zu schwankend.«

»Und es sind aber gerade die Aktien mit schwankenden Kursen, wo die Vermögen gemacht werden, Mr Pedagog«, sagte der Narr.

»Als Individuum schätze ich ihren guten Willen. Als Gesellschaft bin ich ohne Seele, ohne Gemütsregungen, und so gibt es bei mir keine Enttäuschung über ihre Weigerung.«

»Ich denke, wenn der Plan ausgeführt werden kann, werde ich erfolgreich sein, und ich sehe entschieden den Tag voraus, wenn die Narr-Vorzugsaktien genauso hoch gehandelt werden, wenn nicht sogar höher, als Stahl, und dabei werden auch andere Industriewerte, die man kennt, ziemlich weit zurückgelassen, ob Kupfer oder Seil.«

»Wenn Sie, wie die Eisenbahn, Besserungsscheine herausgeben könnten, könnten sie sehr erfolgreich sein«, sagte der Doktor. »Ich denke, wenn man zehn Millionen Dollar in Sie investiert, um Sie zu verbessern, käme man zum Durchschnitt der Bevölkerung.«

»Oder eine konsolidierte Ersthypothek-Anleihe«, bemerkte der Bibliomane. »Konsolidieren sie den Narren mit einem Mann wie Chamberlain oder dem deutschen Kaiser, und geben sie eine fünf Millionen Dollar Hypothek auf das Ergebnis aus, dann würden die Leute diese Anleihe für fünfundsiebzig Cent nehmen.«

»Das könnte sein, wenn das Dollar-Bonds wären, die auf Karton gedruckt werden«, sagte Mr Pedagog. »Dann könnten die Leute damit ihre Wände tapezieren.«

»Macht nur weiter so«, sagte der Narr. »Ich kann das vertragen. Wenn ich aber damit anfange, Zehn-Prozent-Quartalsdividenden zu bezahlen, werden Sie wünschen, dass Sie teilgenommen hätten.«

»Das weiß ich nicht«, sagte Mr. Pedagog, »das würde ganz davon abhängen.«

»Von was?«, fragte der Narr ahnungslos.

»Davon, ob die zehn Prozent von ihnen auf ihrer eigenen Einschätzung des Wertes der Gesellschaft festgelegt werden, oder auf unserer. Auf ihrer wäre das fantastisch, auf unserer jedoch – nun, gut, zu was soll es gut sein, noch mehr darüber zu sagen. Wir machen nicht mit, und das ist das Ende der Angelegenheit.«

»Nun, ich würde vielleicht doch mitmachen«, sagte der Doktor, »wenn Sie ihren Plan ändern und sich anstelle der Narren-Verlagsgesellschaft als 'Konsolidierte Gasgesellschaft' auf den Markt bringen würden, können Sie auf mich zählen, dass ich dann eine Kontrollmehrheit übernehmen würde.«

»Ich will den Vorschlag an meine Freunde weiterleiten«, sagte der Narr ruhig. »Das wäre natürlich schon etwas, als ehrliche Gasgesellschaft zu erscheinen, welche ich natürlich versuchen würde zu sein, aber ich befürchte, die Öffentlichkeit würde das nicht akzeptieren. Es gibt wenig Nachfrage nach Lachgas.«

»Und außerdem«, fuhr der Narr fort, »hätten die Leute Angst davor, ihnen eine Kontrollmehrheit anzuvertrauen, aus Angst, dass Sie diese gesellschaftliche Schöpfung auslöschen und die Rechnungen aufblähen – und damit Millionen durch Inflation prägen. Sie haben von Ihnen gehört, Doktor, und sie wissen, dass Sie das wahrscheinlich machen werden.«

Erwachsenenbildung

»Ich war gestern Abend überrascht und erfreut, Mr Narr«, bemerkte der Schulmeister Pedagog, als das Frühstück serviert wurde, »Sie auf einem Kurs für Erwachsenenbildung gesehen zu haben. Ich wusste gar nicht, dass Sie die Notwendigkeit erkannt haben, sich eine zusätzliche Ausbildung zu gönnen, was das menschliche Wissen anbelangt.«

»Ich weiß nicht, dass ich diese Notwendigkeit erkannt habe«, entgegnete der Narr. »Manchmal, wenn ich eine Bestandsaufnahme des Inhalts meines Verstands mache, erscheint es mir, dass alles da ist, was ich brauche.«

»Das ist wieder typisch für Sie!«, sagte der Bibliomane. »Warum fahren Sie mit ihrer üblichen Weigerung fort, irgendjemand zu erlauben, einen günstigen Eindruck von Ihnen zu haben? Mr Pedagog verbiegt sich genug, um Ihnen zu sagen, dass sie schließlich etwas getan haben, das ihm lobenswert erscheint, und Sie antworten ihm mit einem Idiotismus, der praktisch eine Zurückweisung ist.«

»Sehr gut getroffen«, bemerkte der Schulmeister, mit einem ergebenen Nicken. »Ich bin heute Morgen an den Tisch gekommen, ermutigt von dem Glauben, dass dieser junge Mann anfangen würde, seine Irrwege zu erkennen, und ich muss ein ausreichendes Interesse an ihm zugeben, um zu sagen, dass ich über diese Aufmunterung erfreut war.«

»Ich sah ihn gestern Abend bei einer Literaturvorlesung in der Aula des Lyzeums, und er schien mir interessiert zu sein, und nichtsdestotrotz schien er heute Morgen zu zeigen, dass er ziemlich unverbesserlich ist. Darf ich Sie fragen, Sir, warum Sie zu dieser Vorlesung gehen, wenn, wie Sie sagen, ihr Verstand bereits sehr gut versorgt ist?«

»Natürlich können Sie diese Frage stellen«, antwortete der Narr. »Ich bin zu dieser Vorlesung gegangen, um Bestätigung für meine Eindrücke zu bekommen, das ist alles. Was die Erwachsenenbildung anbelangt, habe ich bestimmte, klar definierte Vorstellungen, und ich wollte sehen, ob diese richtig sind. Ich fand, dass sie es waren.«

»Die Vorlesung war nicht über das Thema Erwachsenenbildung, sondern über den Romantizismus, und es war eine höchst kompetente Abhandlung«, antwortete Mr Pedagog.

»Ganz bestimmt«, sagte der Narr. »Ich habe sie aber nicht gehört. Ich wollte sie nicht hören. Ich habe meine eigenen Ideen, was den Romantizismus anbelangt, die weder einer Bestätigung, noch einer Korrektur bedürfen. Ich habe sie bereits bestätigt und korrigiert. Ich bin hingegangen, um die Zuhörerschaft zu sehen, und nicht, um die explodierenden Theorien von Professor Peterkin zu hören.«

»Es ist eine Schande, dass der Stuhl, den Sie besetzt haben, an Sie verschwendet wurde«, schnappte der Schulmeister Mr Pedagog.

»Ich muss Ihnen zustimmen«, sagte der Narr. »Ich hätte eine viel bessere Sicht auf die Zuhörer gehabt, wenn man mir erlaubt hätte, auf der Bühne zu sitzen, aber Professor Peterkin hatte den ganzen Platz für seine Gesten gebraucht.«

»Trotzdem, ich habe genug gesehen, von da, wo ich saß, um meinen Eindruck zu bestätigen, dass Erwachsenenbildung nicht so sehr der Gemeinnützigkeit dient und ein Gewinn für die Öffentlichkeit ist, sondern mehr eine Modeerscheinung.«

»Es gab kaum eine Seele in der Zuhörerschaft, die all das, was Professor Peterkin ihnen zu sagen hatte, nicht auch aus den eigenen Büchern erfahren hätte; es gab kaum eine Seele in der Zuhörerschaft, die es sich nicht hätte leisten können, wenigstens einen Dollar für den Sitz zu bezahlen, der belegt wurde; es war aber keine Seele in der Zuhörerschaft, die mehr als zehn Cent für den Sitz bezahlt hat, und diejenigen, zu deren Nutzen der

Vortrag vermutlich gehalten wurde, waren hinausgedrängt worden.«

»Der Vortrag selbst war nicht sehr lehrreich – besonders Professor Peterkin selbst – außer unter dem Gesichtspunkt, dass es lehrreich ist, was Professor Peterkin bei diesem Thema denkt. Sein Wunsch, original zu erscheinen, zwingt ihn, Ansichten zusammenzubrauen, die noch niemals von jemand anderem vorgebracht wurden, mit dem Resultat, dass das, was er sagt, interessant und geeignet ist, um einer anspruchsvollen Zuhörerschaft vorgesetzt zu werden, aber nicht geeignet, für eine Zuhörerschaft, die hier herkommen soll, um Kenntnisse zu erwerben.«

»Sie haben gerade gesagt, dass Sie dem Vortrag nicht zugehört haben. Wie können Sie wissen, dass das, was Sie sagen, wahr ist?«, warf der Bibliomane ein.

»Ich kenne Professor Peterkin«, sagte der Narr.

»Kennt er Sie auch?«, spöttelte Mr Pedagog.

»Ich denke nicht, dass er sich an mich erinnern würde, wenn Sie in seiner Gegenwart meinen Namen aussprechen«, bemerkte der Narr ruhig.

»Aber der Grund dafür ist leicht auszumachen. Der Professor erinnert sich niemals an jemanden, außer an sich selbst.«

»Nun, ich gebe zu«, sagte Mr Pedagog, »dass die Vorträge des Professors ziemlich fortgeschritten sind für das Verständnis einer Person, wie der Narr, nichtsdestotrotz war es eine unterhaltsame Gelegenheit, und ich bezweifle, ob das Schimpfen gegen Erwachsenenbildung unseres Freundes hier, erfolgreich sein wird.«

»Sie sprechen die traurige Wahrheit aus«, sagte der Narr. »Soziale Modeerscheinungen sind unempfindlich gegen Beschimpfungen, wie König Salomo gesagt haben könnte, wenn er daran gedacht hätte. Solange eine Sache eine soziale Modeerscheinung ist, wird sie florieren, und insgesamt gesehen, soll sie vielleicht florieren. Alles, was der Gesellschaft etwas zum Nachdenken gibt, hat seinen Wert, und die bloße Tatsache, dass es die Gesellschaft zum *Denken* bringt, ist ein Beweis dieses Wertes.«

»Wir scheinen heute Morgen in einer philosophischen Geisteshaltung zu sein«, sagte Mr Whitechoker.

»Das sind wir«, gab der Narr zurück. »Das ist eine Sache an den Fortbildungskursen. Sie machen uns philosophisch. Sie haben einen Stoiker aus meinen lieben alten Vater gemacht.«

»Oh, ja!«, rief Mr Pedagog. »Sie *haben* einen Vater, nicht wahr? Ich hatte das vergessen.«

»Worin wir uns unterscheiden«, sagte der Narr. *Ich* habe nicht vergessen, dass ich einen habe, und, übrigens, war es durch ihn, dass ich erstmals von der Erwachsenenbildung gehört habe. Er lebt in einer kleinen Industriestadt, nicht viele Meilen von hier, und er ist in der Stadt sehr angesehen, denn ohne geizig zu sein, lebt er innerhalb seiner Möglichkeiten. Er hat eine Art, pünktlich seine Lebensmittelrechnungen zu bezahlen, die ihn als herausragenden Mann kennzeichnet. Er hat nicht viel mehr Geld, als er braucht, aber als die Bewegung der Erwachsenenbildung die Stadt erreichte, war er interessiert.«

Die Hauptverantwortlichen des Vorhabens fragten ihn, ob er nicht Hilfestellung geben könnte. Dabei haben sie sich darüber ausgelassen, welcher Gewinn sich für diejenigen ergeben würde, deren Ausbildung kurz vor dem Abschluss der

Highschool endete. Es klang sehr plausibel. Die Idee, dass die arbeitenden Massen für zehn Cent pro Vortrag etwas über Kunst, Geschichte und Literatur lernen und etwas über die Wissenschaften erfahren konnten und all das, hatte ihm gefallen, und obwohl er es sich viel weniger leisten konnte, als die schlauen Leute in der Stadt, sprang er auf den Zug auf.«

»Er zahlte fünfzig Dollar und wurde ehrenamtlicher Manager. Er war auch stolz genug darauf, und er schrieb mir einen langen, enthusiastischen Brief. Es war eine große Sache, und er hoffte, dass der Staat, der ebenfalls um Hilfe gebeten wurde, dazukommen würde. 'Wenn wir die Massen bilden, die Künste und das Schöne zu verstehen und zu schätzen', schrieb er, 'müssen wir uns weniger vor der Zukunft fürchten. Unwissenheit ist der größte Feind, gegen den wir ankämpfen müssen in unserer nationalen Entwicklung, und sie ist die einzige Sache, die eine Nation, wie die unsere, umstürzen könnte'.«

»Und dann, was ist passiert? Professor Peterkin kam herbei und gab zehn oder ein Dutzend Vorlesungen. Die Massen gingen ein oder zweimal hin, und fanden die Bühne durch einen Mann besetzt, der über Romantizismus und Realismus sprach, der ihnen sagte, dass Charles Dickens Müll war, der Tolstoi und Ibsen überschwänglich in die Höhe hob, aber sie niemals an dem Geheimnis hat teilnehmen lassen, was Romantizismus war, und der sie gleichermaßen im Dunklen ließ, was die Bedeutung des Realismus anbelangt.«

»Sie stellten auch fest, dass die besten Plätze im Vortragssaal durch die Gebildeten belegt waren, angezogen in voller Abendkleidung, und die fast genauso laut sprachen, wie Professor Peterkin. Die Massen hatten deshalb noch nicht einmal Manieren gelernt, bei Professor Peterkins erster und zweiter Vorlesung, und bei der die dritten und vierten, glänzten sie dann durch Abwesenheit.«

»Alles, was sie gelernt haben, war, dass sie ungebildet sind und dass die anderen Leute etwas Besseres waren, als sie. Was mein Vater gelernt hatte, war, dass er fünfzig Dollar gezahlt hatte, um eine Serie von sozialen Veranstaltungen zu unterstützen, die der Unterhaltung der vierhundert Gebildeten dieser Stadt dienten und der Selbstverherrlichung von Professor Peterkin.«

»Er begann mit etwas, was man vielleicht Romantizismus hätte nennen können, und er kam zu einem Realismus, den er nicht liebte, in kürzerer Zeit, als es braucht, das Wort auszusprechen.«

»Heute ist die Erwachsenenbildung in dieser Stadt eine solche Modeerscheinung, dass man vor einigen Wochen, als der vornehme Klub an diesem Ort darüber diskutierte, den Dienstagabend als Klubnacht einzuführen, dies als unmöglich bezeichnete, aus dem Grund, dass es in Konflikt mit der Anwesenheit bei den Kursen der Erwachsenenbildung kommen könnte.«

»Das, Mr Pedagog, entspricht der bisherigen Geschichte und kann bewiesen werden, und die Zuhörerschaft von gestern Abend bestätigte meine Meinung, die ich mir aufgrund der Aussagen meines Vaters gebildet habe. Die Vorträge von Professor Peterkin sind interessant für Sie, als Schulmeister, aber sie sind nichts als Griechisch für mich, der mehr über die Literatur erfahren möchte. Ich würde in einer Stunde mehr Wissen von ihren Tischgesprächen bekommen, als von Professor Peterkin im gesamten Kurs.«

»Sie schmeicheln mir«, sagte Mr Pedagog.

»Nein«, entgegnete der Narr. »Wenn Sie wüssten, wie wenig die Unwissenden von Peterkin lernen, würden Sie es nicht notwendigerweise Schmeichelei nennen, wenn jemand sagt, dass er mehr während der Unterhaltung bei einem Pfannkuchenessen gelernt hat.«

»Ich denke trotzdem, dass Sie die ganze Situation falsch auffassen«, sagte Mr Whitechoker. »So, wie ich es verstehe, werden zusätzliche Lehrveranstaltungen und Prüfungen, die darauf basieren, nach dieser Erwachsenenbildung abgehalten, wenn der praktische Unterricht mit großer Sorgfalt durchgeführt worden ist.«

»Ich bin froh, dass Sie das angesprochen haben«, sagte der Narr. »Diesen Teil hatte ich ganz vergessen. Professor Peterkin wurde für seine Vorlesungen bezahlt, die sich nur mit der Theorie beschäftigten. Der einfache Mr. Barton, der die zusätzlichen Lehrveranstaltungen gegeben hatte, bekam nichts. Professor Peterkin hat nicht gelehrt, aber er repräsentiert die Erwachsenenbildung. Der einfache Mr Barton, der die Arbeit gemacht hat, repräsentiert nichts. Beide haben die bessere Gesellschaft erreicht, aber keiner von ihnen die Massen.«

»In meiner Heimatstadt waren die zusätzlichen Lehrveranstaltungen von Mr Barton lediglich die Bemühung, die Verkomplizierungen von Peterkin zu entwirren und wurden von den gleichen Leuten, in kleinerer Zahl, besucht – Leute von höherem sozialen Stand, die neugierig genug waren, eine Stunde pro Woche zu opfern, in dem Versuch, die Bedeutung dessen herauszufinden, was ihnen Professor Peterkin bei der Veranstaltung eine Woche zuvor erzählt hatte. Die Studenten, die zur Prüfung gingen, waren meist Ladys, und es ist so, dass ich weiß, dass sie zum größten Teil Ladys waren, deren Ehemänner es sich leisten konnten, Professor Perkins sein Gehalt zu bezahlen, das zehnmal über dem eines privaten Lehrers liegt.«

»Wie ich es sehe«, sagte Mr Pedagog ernst, »macht es keinen großen Unterschied, wem man diese Belehrungen zuteilwerden lässt, solange sie belehren. Was wäre falsch daran, wenn diese Vorlesungen diejenigen interessieren, denen es vergleichsweise gut geht? Ihre Gesellschaftsdame könnte ein genauso großes Bedürfnis an einer zusätzlichen Lehrveranstaltung haben, wie das Mädchen aus der Fabrik. Die Idee der Erwachsenenbildung ist es, Wissen an Menschen zu vermitteln, die dieses sonst nicht bekommen würden. Es ist einfach nur darauf ausgerichtet, den Verstand zu verbessern. Wenn der Verstand der besseren Gesellschaft eine Verbesserung braucht, warum soll man ihn nicht verbessern? Warum soll man ein System verdammen, weil es nicht den Verstand unterscheidet, der für eine Verbesserung ausgewählt worden ist?«

»Ich verdamme nicht ein System, das danach ausgerichtet ist, den Verstand, unabhängig von den Gegebenheiten, zu verbessern. Aber ich werde mit großer Sicherheit einen Mann verdammen, oder eine Gruppe von Männern, die mich dazu überreden, mich an einem Fonds für Brotspenden für die Armen zu beteiligen, und danach das Geld für Cremekuchen für den Zaren von Russland ausgeben. Die Tatsache, dass der Zar von Russland Cremekuchen wollte und bereit war, diesen zu akzeptieren, würde meine Gefühle in dieser Sache nicht verändern, obwohl ich nicht daran zweifle, dass die Leute, die für diesen Fonds verantwortlich sind, sich einer herausragenderen Position wiederfinden werden, weil sie von der ursprünglich sozialen Idee abgewichen sind. Manche von ihnen werden vielleicht sogar zum Ritter geschlagen, wenn der Zar den Cremekuchen leidenschaftlich lieb gewonnen hat.«

»Dann, nachdem Sie dieses System so heftig angegriffen haben, was würden Sie tun? Würden Sie die Erwachsenenbildung stoppen?«, fragte der Bibliomane.

»Überhaupt nicht«, antwortete der Narr. »Alles, was die Gesellschaft bildet, ist eine gute Sache, aber ich würde den Namen von Erwachsenenbildung in Gesellschaftsbildung umwandeln, und diejenigen, deren Verstand erweitert wurde, dazu verpflichten, die Rechnung dafür zu übernehmen.«

»Aber bis jetzt haben Sie es nicht erreicht, den Nagel auf den Kopf zu treffen«, beharrte der Bibliomane. »Die Massen können zu diesen Vorträgen kommen, wenn sie wollen, und gemäß ihrer eigenen Aussage, tun sie es nicht. Sie scheinen diesen Punkt nicht zu berücksichtigen, oder, wenn Sie dies tun, verstehen Sie ihn nicht.«

»Ich denke nicht, dass es notwendig ist, ihn zu verstehen«, sagte der Narr. »Dennoch will ich sagen, wenn Sie jemand aus der Masse wären – sagen wir ein Mädchen, mit nur einem abgetragenen Kleid, armselig und schlecht sitzend, und mit ein wenig natürlichem Stolz ausgestattet – dann würden Sie wenig Spaß daran haben, zu einer Vorlesung zu gehen, die sie aufgrund ihrer vorausgegangenen Bildung nicht verstehen und dann einen ganzen Abend lang mit einer Menge bestens angezogener Leute zu verbringen müssen, die Ihnen den Rücken zudrehen. Die Plebejer haben einen gewissen Stolz, mein lieber Bibliomane, und sie sind ganz entschieden abgeneigt, sich unter die feinen Leute zu mischen. Sie wollen Bildung erhalten, und sind nicht daran interessiert, dass man sie vor den Kopf stößt, für das Privileg, von einem Mann wie Professor Peterkin verwirrt zu werden, selbst für so eine kleine Summe wie zehn Cent pro Abend.«

Gesellschaftsbildung

»Neulich haben wir über Erwachsenenbildung gesprochen, Mr Pedagog«, sagte der Narr, als der Schulmeister seine Zeitung zusammenfaltete und in die Tasche steckte, »und ich hatte vorgeschlagen, wie Sie sich erinnern werden, dass man es besser Gesellschaftsbildung nennen sollte.«

»Haben Sie das?«, sagte Mr Pegagog kühl. »Ich erinnere nicht mehr viel davon. Ich nehme kaum Notiz von dem, was Sie sagen.«

»Nun, ich habe die Namensänderung vorgeschlagen, ob ihr Gedächtnis nun aufnahmefähig ist oder nicht, und ich habe die Sache seither nochmals intensiv durchgedacht, und ich denke, mir ist da eine Idee gekommen«, antwortete der Narr.

»In diesem Fall«, sagte der Bibliomane, »sollten wir besser die Tür schließen. Wenn Ihnen wirklich eine Idee gekommen ist, sollten Sie sehr vorsichtig sein, dass sie Ihnen nicht entkommt.«

»Da besteht keine Gefahr«, sagte der Narr mit einem Lächeln. »Ich habe sie sicher hier oben eingeschlossen«, sagte er und tippte sich an die Stirn.

»Sie muss sehr einsam sein«, sagte Mr Pedagog.

»Und sich ziemlich unbehaglich fühlen – wenn es eine echte Idee ist«, bemerkte der Doktor. »Eine Idee im Kopf eines Narren muss sich irgendwie fühlen, wie eine wohlbeleibte irische Maid, wenn sie in ihr Schlafzimmer in eines der engen Apartmenthäuser in Harlem geht.«

»Ihr Männer verliert eine große Gelegenheit«, sagte der Narr mit einem spöttischen Blick auf die drei sachkundigen Gentlemen. »Ihr könntet euren Berufen folgen, Pädagogik, Literatur und Medizin, und alle drei zusammen ein Vermögen machen, als personifiziertes Comic-Heftchen. Ich verstehe nicht, warum Sie nicht eine solche Kombination versuchen, wie diese deutschen Musikkapellen, die an den Straßenecken spielen? Sie könnten von Tür zu Tür gehen und ihre Witze reißen, wie diese ihre Musik zum Besten geben. Ich bin sicher, Sie könnten gut verdienen, speziell vor den Friseurgeschäften.«

»Das wäre sehr nachteilig für das Comic-Heftchen«, sagte der Poet, der inzwischen weniger beliebt bei seinen Mitbewohnern geworden ist, wegen seiner Neigung, die Meinung des Narren am Frühstückstisch zu unterstützen. »Sie könnten mit ihren Auftritten so erfolgreich sein, dass die Friseurläden nicht mehr das Heftchen als Lesestoff für ihre Kunden kaufen, sondern ein oder zwei von ihnen anstellen, damit sie in der Mitte des Raums sitzen, um die Witze laut vorzutragen.«

»Wir wären dennoch keine Konkurrenz für das Comic-Heft«, sagte der Doktor, der sich seine Würde bewahren wollte, indem er den Bullen bei den Hörnern packte. »Wir könnten die Witze gut genug vortragen, aber die Comic-Hefte bestehen hauptsächlich aus Bildern.«

»Sie wären bildhaft genug«, sagte der Narr. »Waren Sie es nicht, Mr Pedagog, der gesagt hat, der Doktor würde wie einer in den Bildern von Cruikshank [britischer Karikaturist] aussehen, oder wie er aus den Seiten eines Buchs von Dickens herauskommt, oder etwas dergleichen?«

»Ich habe niemals etwas in dieser Art gesagt!«, schrie der Schulmeister wutentbrannt, »und Sie wissen, dass ich das nicht getan habe.«

»Wer war es dann, der das gesagt hat?«, fragte der Narr mit unschuldiger Miene und schaute sich am Tisch um. »Es kann nicht Mr Whitechocker gewesen sein, und ich weiß, dass es auch der Poet nicht war oder mein genialer Freund, der sich gelegentlich besäuft. Mr Pedagog bestreitet es. Ich habe es nicht gesagt und Mrs Pedagog würde es nicht sagen. Da bleiben nur noch zwei von uns übrig. Der Bibliomane und der Doktor selbst. Ich denke nicht, dass der Doktor eine solche

Bemerkung über seine eigene Person machen würde, und dann – nun – bleibt nur eine Schlussfolgerung. Mr Bibliomane, ich bin überrascht.«

»Was?«, brüllte der Bibliomane, der den Narren anstarrte. »Wollen Sie mir damit diese Impertinenz anhängen?«

»Weit davon entfernt«, entgegnete der Narr demütig. »Sehr weit davon entfernt. Es ist das Schicksal, Sir, das dafür verantwortlich ist – die Indizien gegen Sie sind stark, aber dann, wie es so ist, kann man einen Mann aufgrund von Indizien nicht hängen.«

»Nun, schauen Sie, Mr Narr«, sagte der Bibliomane, fest und entschlossen, »ich möchte, dass Sie ausdrücklich verstehen, dass ich Sie nicht Worte in meinen Mund legen lasse, die ich nie ausgesprochen habe. Ich – «

»Ich bitte Sie, greifen Sie mich nicht an«, sagte der Narr. »Ich habe Sie nicht beschuldigt. Ich habe nur gefragt, wer es gesagt haben könnte, dass der Doktor wie eine Kreation von Cruikshank aussieht. Ich konnte es nicht gesagt haben, denn ich denke das nicht. Mr Pedagod bestreitet es. In der Tat hat jeder hier eine eindeutige Begründung für die Unschuld, ausgenommen Sie selbst, und ich glaube nicht, dass Sie es gesagt haben, wäre da nicht die Kette von Umständen – «

»Oh, hängen Sie ihre Kette von Umständen sonst wohin!«, unterbrach der Bibliomane.

»Sie hängt schon in der Luft«, sagte der Narr, »und sie scheint bei Ihnen großes Unbehagen auszulösen. Jedoch, wie ich schon sagte, ist mir eine Idee gekommen, für ein wahrhaft menschenfreundliches und keineswegs eigensinniges Programm der Gesellschaftsbildung.«

»Hallihallo!«, seufzte Mr Pedagog. »Manchmal denke ich, von hier fortzugehen, wenn ich nicht die Ehre hätte, der Ehemann der Vermieterin zu sein. Ihre Ansichten, Sir, beeinträchtigen meine körperliche Verfassung.«

»Das denken Sie nur so, Mr Pedagog«, antwortete der Narr. »Sie gehen nur durch einen Prozess der intellektuellen Rekonstruktion in meinen Händen. Sie fühlen sich genau so, wie sich ein Mann fühlt, der für Jahre in der Dunkelheit eingeschlossen worden ist und sich plötzlich in einer Flut von hellem Sonnenlicht wiederfindet.«

»Ich mache mit Ihnen als Individuum das, was ich die Gesellschaft für die gesamte Menschheit tun lassen würde – in anderen Worten, während ich an der Entwicklung des Einzelnen arbeite, aufgrund des Rohmaterials, das ich hier vorfinde, würde ich wollen, dass sich die Gesellschaft hinter die eigene Erweiterung klemmt, durch die Verbesserung von denen, die sich außerhalb von ihr befinden.«

»Wenn Sie so gut im Wasser schwimmen wie Sie mit Worten umgehen«, sagte der Bibliomane, »müssten Sie in der Lage sein, drei oder vier Züge zu machen, ohne unterzugehen.«

»Oh, was das anbelangt«, sagte der Narr, »ich kann schwimmen, wie eine Ente. Sie können mich nicht versenken.«

»Ich denke nicht«, bemerkte Mr Pedagog mit einem Lächeln über seinen gleich kommenden Witz. »Sie sind so leicht, dass ich mich in der Tat wundere, dass sie nicht ohnehin in den Weltraum entschweben.«

»Was für ein herrlicher Zustand der Dinge eröffnet sich durch diesen Vorschlag!«, sagte der Narr, der sich zu dem Poeten hindrehte. »Wenn ich Sie wäre, würde ich daraus ein Gedicht machen. Etwa so, zum Beispiel:«

Ich bin so sehr, sehr leicht, keine Gravitation hängt an mir dran,
ich schwebe hoch durch die Luft, bis ich die ganze Welt sehen kann.

Ich tanze herum zwischen den Wolken, ein luftiger und glücklicher menschlicher Drachen,
die Winde werfen mich herum, die mir damit eine große Freude machen.

Und wenn ich zurückkommen will, zum Frühstück,
zum Mittagessen oder vielleicht zum Abendbrot,
dann zerre ich an der Leine und flieg erst wieder hoch im Morgenrot.

Mr Pedagod brachte daraufhin ein breites Grinsen hervor.

»Sie haben auch einige gute Ansichten«, sagte er. »Wenn wir ihre Idee für das Comic-Heftchen akzeptieren, würden wir uns auf ihre Unsinns-Poesie verlassen müssen.«

»Ich danke Ihnen«, sagte der Narr. »Ich werde helfen. Wenn ich einen Mann wie Sie hätte, der mir die Vorlagen gibt, könnte ich ein Vermögen aus der Poesie herausholen. Der einzige Ärger ist, dass ich immer erst mit Ihnen streiten muss, bevor ich Sie dazu bringe, mir Vorlagen zu geben, und ich hasse Gezänk.«

»So geht es mir auch«, antwortete Mr Pedagog. »Lassen Sie uns also das Gezänk aufgeben und richten wir unsere Aufmerksamkeit auf – äh – Gesellschaftsbildung, war es das?«

»Ja – Gesellschaftsbildung«, sagte der Narr.

»Vor einigen Jahren«, fuhr er fort, »war die Welt aufgeschreckt zu hören, dass es in der Stadt New York nicht mehr als vierhundert Leute geben soll, die zu einer gesellschaftlichen Position berechtigt waren, und, wie ich höre, hat sich mit der Zeit die Anzahl weiter verringert. Letztes Jahr war deren Zahl nur noch einhundertfünfzig, und wenn ich die Gesellschaftsnachrichten von heute lese, sind es nicht mehr als fünfundzwanzig Leute, die noch auf dieser Welle schwimmen.«

»Bei Abendessen, Bällen, Veranstaltungen aller Art, liest man die Namen dieser fünfundzwanzig, die anwesend waren, immer und immer wieder. Offensichtlich hat niemand anders teilgenommen – oder wenn sie es getan haben, waren sie nicht so zweifelsfrei berechtigt, anwesend zu sein, um ihre Namen in den offiziellen Listen zu drucken.«

»Nun, all das zeigt, dass unsere gute Gesellschaft ausstirbt, und wenn die Dinge so weitergehen, wie jetzt, wird es nicht viele Jahre dauern, bis wir ein Volk ohne bessere Gesellschaft sein werden, eine Nation von Plebejern.«

»Ihre Bemerkung ist soweit klar und logisch«, sagte Mr Pedagog, der die – sogenannte – Gesellschaft nicht bewunderte, und der nichts gegen eine solch scharfzüngige Darstellung hatte, wenn er nicht persönlich verwickelt war.

»Nun, warum schreitet diese Schrumpfung der Gesellschaft voran?«, fragte der Narr. »Ganz bestimmt deswegen, weil Gesellschaftsbildung nicht als Tatsache akzeptiert worden ist. Wenn das der Fall wäre, würde die Gesellschaft wachsen.«

»Warum wächst sie nicht? Warum werden ihre Ränge nicht gefüllt? Sie würden gerne auf dieser Welle mitschwimmen, und ich auch. Wir wissen aber nicht, wie.«

»Wir lesen Bücher über Etikette, aber sie sind fern davon, vollständig zu sein. Ich denke sogar, dass ich nicht falschliege, wenn ich sage, dass sie absolut nutzlos sind. Sie sagen uns nichts und vermitteln uns nicht mehr, als uns die amüsanten Zeitungen beibringen, wenn sie sagen:

'Essen Sie niemals Erbsenbrei mit dem Löffel; essen Sie niemals Pastete mit dem Messer; geben Sie niemals Salz auf eine Zwetschge; werfen Sie niemals Essensreste auf ihre Frau'.«

»Sie sagen den meisten von uns, was wir vorher schon wussten. Sie sagen uns, im Haus keinen Hut zu tragen; sie sagen uns etwas über die offensichtlichen Dinge, aber über die Feinheiten, wie man in eine Gesellschaft hineingelangt, sagen sie uns nichts.«

»Die Comic-Heftchen geben uns eine kleine Ahnung davon, wie man sich in der Gesellschaft bewegt. Wir wissen vom Lesen der Witzseiten in der Zeitung, dass sich der wirklich feine Pinkel immer gegen den Kaminsims lehnt, wenn er vorbeikommt, oder dass das vornehme Mädchen auf einem komfortablen Diwan sitzt, mit ihren Füßen auf einem Tiger-Fellvorleger, und sie unterhalten sich in Epigrammen. Manchmal ist so ein Sinngedicht eindeutig anstößig, und wenn es das nicht ist, ist es so stumpfsinnig, dass sich niemand darüber wundert, dass der Kopf des Tigers auf dem Vorleger den gähnenden Tiger darstellt.«

»Aber, während das alles lehrreich ist, lehrt es uns lediglich, wie wir uns in besonderen Situationen verhalten sollen.«

»Sie oder ich, könnten eine junge Frau besuchen, die nicht auf einem Diwan sitzt, keinen Tigerfellvorleger hat, um die Füße draufzustellen und keinen Kaminsims, an den man sich bequem lehnen kann. Was machen wir dann?«

»Für sich genommen sind die Witzseiten ausgezeichnet, aber sie gehen nicht weit genug. Sie geben uns ansprechende Bilder von eleganten Abendessen, aber es ist immer das Abendessen nach dem Wild-Gang.«

»Einige von uns würden gerne wissen, wie sich die Gesellschaft benimmt, während die Suppe serviert wird. Wir wissen, dass die Mädchen der feinen Gesellschaft nach dem Wild-Gang über den Tisch hinüberreichen und mit jungen Männern die Gläser klirren lassen, aber wir wissen nicht, was sie vor dem machen, bevor sie zum Schritt des Gläserklirrenlassens kommen. Nirgendwo wird einem diese Information gegeben.«

»Bücher über Etikette schweigen zu diesem Thema, und obwohl ich überall nach dieser Information gesucht habe, weiß ich bis heute nicht, wie viel gesalzene Mandeln man während einem Abendessen zu sich nehmen kann, ohne die Gastgeberin in Verlegenheit zu bringen.«

»Nun, wenn ich das nicht herausfinden kann, dann können es die Millionen auch nicht.«

»Anstelle sich eigensüchtig abzuschotten und dabei die Gesellschaft in die endgültige Auflösung zu zwingen, weshalb können nicht einige dieser Leute, die sich auskennen, Anschauungsunterricht für die Millionen Menschen geben und sie im *savoir-faire* ausbilden?«

»Im letzten Sommer gab es ein Stück an einem unserer Theater, in der es eine Szene auf einer Rennbahn gab. Auf der einen Seite war eine große Reisekutsche. In der ersten Woche war sie ein völlig nutzloses Requisit, denn die Leute, die da drauf saßen, waren gewöhnliche Statisten, die beim Theater angestellt waren. Sie wussten nicht, wie man sich auf einer Reisekutsche benimmt, und niemand war daran interessiert.«

»Dem Management kam dann plötzlich eine gescheite Idee. Sie luden mehrere vornehme junge Männer ein, die wussten, was man auf einer Reisekutsche macht.«

»Diese jungen Männer kamen und verliehen der Szene einen Realismus, der die Kutsche zum Zentrum der Attraktion machte. Die Leute, die sich diese Aufführung angesehen haben, verließen sie mit einer Ausbildung in Reisekutschen-Etikette.«

»Nun, darin liegt kurz gesagt mein Plan«, sagte der Narr.

»Wenn diese fünfundzwanzig, die Alte Garde der Gesellschaft, die diniert, aber niemals kapituliert, einmal in der Woche eine soziale Vorstellung gibt, an einem Ort wie etwa dem Madison Square Garden, zu dem Millionen als reine Zuschauer gehen, nicht als Teilnehmer, gibt es dann irgend einen Zweifel daran, dass diese belehrt werden können?«

»Der 'Garden' würde acht- bis zehntausend Leuten Platz bieten. Nehmen wir zum Beispiel einmal an, dass ein Dutzend unserer besten Vertreter von denen, die sich auskennen, ein Abendessen in der Mitte der Arena abhalten würden, während sie die zehntausend Leute dabei beobachten. Würden Sie etwa sagen, dass innerhalb dieser riesigen Zuschauermenge keiner dabei wäre, der lernt, wie man sich bei einem Abendessen benimmt?«

»Das ist ein großartiger Plan«, sagte der Doktor.

»Das ist er!«, sagte der Narr, »und ich wage zu behaupten, dass ein Kurs von, sagen wir mal, zwölf sozialen Vorstellungen, die in dieser Art und Weise abgehalten werden, sich als so populär erweisen würden, dass der 'Garden' jeden Abend genauso viele Leute abweisen müsste, wie er aufnehmen kann.«

»Das wäre ohne Zweifel lehrreich«, sagte der Bibliomane, »aber wie würde es die Gesellschaft erweitern? Würden Sie Prüfungen abhalten?«

»Unbedingt«, sagte der Narr. »Am Ende der Saison hätte ich eine strenge Prüfung all derjenigen, die sich dafür anmelden. Ich würde sie in der Gegenwart von erfahrenden 'Abendessern' dinieren lassen und ich würde sie eine überprüfende Begutachtung im Tragen von Abendkleidung durchlaufen lassen. Dazu Prüfungen in der Wissenschaft oder einer Einladung im Wohnzimmer, in der Kunst des Benehmens beim Nachmittagstee.«

»Alle Männer, die sich anmelden, sollten verpflichtet werden, sich einer körperlichen Untersuchung zu unterziehen, als Versicherung, dass sie die Aufgabe meistern können, einer jungen Lady auf einem Ball Eis zu bringen.«

»Die Gesellschaft würde zu inklusiv werden und aufhören, exklusiv zu sein«, warf Mr Whitechoker ein.

»Das denke ich nicht«, sagte der Narr. »Ich würde keinem Mann oder einer Frau ein Diplom in B.G. geben, es sei denn, er oder sie legen die Prüfung mit einhundert Prozent ab.«

»B.G.?«, fragte Mr Pedagog.

»Ja«, entgegnete der Narr. »'Bakkalaureus der Gesellschaft' – ein Diplom, das, einmal erlangt, jemanden als einen der Oberen Zehn, irgendwo im Christentum, qualifizieren sollte.«

»Das ist großartig!«, rief Mr Pedagog enthusiastisch aus.

»Ja«, sagte der Narr. »Mit zehn Cent pro Vortrag würde es die Erwachsenenbildung außer Sichtweite jagen, und dazu würde es die Gesellschaft erhalten.«

»Wenn wir die Gesellschaft verlieren, verlieren wir die Kastenordnung. Und am schlimmsten von allem: Alle unsere Komiker wären aus dem Geschäft, denn es gäbe dann keine Modeerscheinungen oder herausgeputzte Jungs mehr, die man verspotten kann.«

Das Bettler-Handbuch

»Mr Narr«, sagte der Poet eines Morgens, als die Waffeln serviert wurden, »Sie sind ein erfindungsreiches Genie. Warum erfinden sie nicht einen leichten Weg, ein Vermögen zu machen? Der Ärger mit den meisten Methoden, mit denen man Geld macht, ist, dass sie zu viel Arbeit erfordern.«

»Daran hatte ich schon gedacht«, sagte der Narr. »Und dennoch, die großen Vermögen wurden auf eine Art und Weise gemacht, die wenig Arbeit erforderte, vergleichsweise gesprochen.«

»Sie, zum Beispiel«, sagte der Narr zum Poeten, Sie arbeiten härter an einem Meter Gedicht, das Ihnen zehn Dollar bringt, als es irgendeiner unserer Eisenbahnmagnaten getan hat, für eine Meile Eisenbahnstrecke, die ihm zehn Millionen eingebracht hat.

»Was deutlich beweist, dass es Ideen sind, die zählen, und nicht Arbeit«, sagte der Poet.

»Nicht unbedingt«, sagte der Narr. »Wenn man einhundert Ideen in einen Vierzeiler gibt, wird man weniger Geld dafür bekommen, als für ein Zweibände-Epos, in dem man möglicherweise nur eine halbe Idee eingebracht hat. Es sind nicht so sehr die Ideen, die zählen, sondern der Mut. Ein Mann, der Eisenbahnstrecken baut, hat keine ausgefallene Idee, aber er zeigt viel Mut, und es ist der Mut, der Vermögen schafft. Ich glaube, wenn Sie als Literat mehr Mut zeigen würden, um der Öffentlichkeit die Qualen zu ersparen, bei dem, was Sie ihre Ideen nennen, würden Sie mehr Geld verdienen.«

»Wie kann man beim Schreiben Mut zeigen?«, sagte der Bibliomane.

»Wenn ich das wüsste, würde ich mit dem Schreiben anfangen und ein Vermögen machen«, sagte der Narr. »Unglücklicherweise weiß ich nicht, wie man beim Schreiben Mut zeigen kann, es sei denn, man widmet sich einer der beliebten Eigentümlichkeiten der Menschen und behandelt diese so herablassend, dass jeder über einen herfallen will.«

»Wenn Sie die Öffentlichkeit wütend genug machen können, sodass sie Sie lynchen wollen, werden sie alles von Ihnen lesen, einfach nur deshalb, weil sie ihrem Zorn weitere Nahrung geben wollen, und bald würden Sie als Lebensunterhalt nur noch Dividendencoupons abschneiden, und dann könnten Sie es sich leisten, neue Ideen zu entwickeln – Dividendencoupon-Schneider können sich Theorien leisten.«

»Was mich anbelangt, ist der Grund, warum ich nicht die Literatur als Beruf gewählt habe, dass ich weder den Mut noch die Dividendencoupons habe. Ich würde vermutlich im Trott der Mehrheit der Schreiber von heute mitlaufen, und ich hätte nicht den Mumm, in eine eigene, neue Richtung zu gehen.«

»Die Leute sagen, und wahrscheinlich sehr zu Recht, dass dies und das in der Vergangenheit erfolgreich war. Und dann macht man es. Etwas anderes, das zunächst vielleicht verlockend erscheint, wurde nie vorher gemacht, und deshalb macht man es auch nicht.«

»Vor mir hat es schon kluge Männer gegeben, Männer, die klug genug waren, sich das auszudenken, was ich mir törichterweise als originale Idee vorstelle, und sie haben es nicht getan. Ohne Zweifel haben sie aus guten und angemessenen Gründen davon Abstand genommen, es zu tun, und ich bin nicht verrückt genug, mein Urteil gegen das ihre zu stellen. In anderen Worten, ich habe nicht den Mut loszulegen und so zu schreiben, wie ich es will.«

»Ich ziehe es vor, vergangene Erfolge zu studieren, mit dem Resultat, dass ich nur geringen Erfolg habe. Es ist das Gleiche in jedem Geschäft.«

»Vorbilder leiten uns in allen Dingen, aber wenn man gelegentlich einen Mann findet, der Vorbilder in den Wind schlägt, passiert eine von zwei Möglichkeiten. Es folgt entweder Reichtum oder der Ruin. Deshalb ist es die Sache, die man tun soll, wenn man den Reichtum sucht, die Möglichkeit des Ruins so weit wie möglich zu reduzieren.«

»Man kann aber einen Mann nicht ruinieren, der nichts hat. Er ist ohnehin bis auf das Grundgestein am Boden. Also würde ich als Rezept für ein Vermögen vorschlagen, fangen Sie als Bettelknabe an, zeigen Sie ihren Mut, und Sie machen einen Haufen Geld, oder Sie machen keinen Haufen Geld. Wenn das gelingt, sind sie vom Glück begünstigt. Wenn es Ihnen nicht gelingt, das zu schaffen, sind Sie nicht unglücklicher, als Sie es waren, bevor Sie anfingen.«

»Ich glaube, Mr Narr«, sagte Mr Pedagog, »für mich sind sie ein absolutes Wunder. Ich denke nicht, dass irgendjemand mit wirklicher Überzeugung die Wahrheit ihrer Prämissen bestreiten kann, und man muss zugeben, dass ihre Schlussfolgerungen korrekt auf diesen Prämissen beruhen, und dennoch sind ihre

Schlussfolgerungen fast immer völlig absurd, wenn nicht sogar absolut grotesk. Hier ist ein Mann, der sagt, wenn du ein Vermögen machen willst, werde Bettler!«

»Völlig richtig«, sagte der Narr. »Es gibt nichts wie eine saubere Schiefertafel, um darauf zu arbeiten. Wenn Sie kein Bettler sind, dann haben Sie etwas, und etwas zu haben, fördert die Vorsicht und tendiert dazu, den Mut zu zerstören. Als Bettler haben Sie alles zu gewinnen und nichts zu verlieren, so kann man sich in die Dinge hineinstürzen. Man kann besser im tiefen Wasser schwimmen, als im flachen.«

»Nun«, sagte der Doktor, »erleuchten Sie uns, was diesen Punkt betrifft. Sie mögen nicht wissen, wie man als Literat Mut zeigt – in der Tat gestehen Sie zu, dass Sie das nicht tun. Wie würden Sie als Bettler Mut beweisen? Würden Sie danach streben, ihre Wünsche zu erzwingen und zu einem gewöhnlichen Wegelagerer degenerieren, oder würden Sie einfach für den großen Gewinn zur Sache gehen und die Leute um zehn Dollar bitten, anstelle von zehn Cent?«

»Er würde wahrscheinlich ein Sack voll Dynamit in das Büro eines Millionärs bringen und drohen, ihn in Stücke zu sprengen, wenn er ihm nicht ein Haus und ein Stück Land gibt«, spöttelte der Bibliomane.

»Keineswegs«, sagte der Narr. »Das ist Feigheit, kein Mut. Wenn ich in das Büro eines Millionärs gehe und eine Million verlange – oder sogar ein Haus mit einem Stück Land – bewaffnet mit einem Sack voll mit Zeitungen und vorgebe, er würde Dynamit enthalten, dann könnte das etwas mehr in Richtung Mut gehen, aber mein Bettler würde dabei aber nichts machen, was ungesetzlich ist. Er zeigt einfach nur Mut, das ist alles – frech würden Sie das vielleicht nennen.«

»Ich glaube, wenn ich zum Beispiel Werbefläche an einem der Hochbusse über den Fenstern mieten und dort ein Plakat anbringen würde, das sagt, ich sei von Natur aus zu faul, um zu arbeiten, ich würde zu sehr am Leben hängen, um zu verhungern, aber zu arm, um zu leben, zu ehrlich, um zu stehlen, könnte aber trotzdem in Wohlstand leben, wenn jeder Mann und jede Frau, die dieses Schild sehen, mir zehn Cent die Woche in Zwei-

Cent-Briefmarken schicken würden, fünf Wochen lang. Das würde mir genug Geld bringen, während dieser Zeit im teuersten Hotel der Stadt zu wohnen.«

»Wenn ich in solch einem Hotel wohne«, fuhr er fort, »und meine Rechnungen regelmäßig bezahle, sollte ich genügend Kreditwürdigkeit haben, mich geschäftlich zu etablieren, und mit Kredit gibt es praktisch keine Grenzen, was die Möglichkeiten anbelangt, ein Vermögen zu machen.«

»Es ist einfach nur ehrlicher Mut, der zählt. Der Bettler, der Sie auf der Straße um fünf Cent bittet, um seine Familie vor dem Verhungern zu bewahren, wird zurückgewiesen. Sie glauben ihm seine Geschichte nicht, und Sie wissen auch, dass fünf Cent eine Familie nicht lange vor dem Verhungern bewahren können. Aber der Bursche, der Sie geradeheraus für einen Dime [zehn Cent] belästigt, weil er durstig ist, und schon für zwei Stunden keinen Drink mehr hatte, wird in neun von zehn Fällen, bei richtig ausgesuchten Leuten, sogar einen Quarter [fünfundzwanzig Cent] für seinen Mut bekommen.«

»Sie müssten ein *'Handbuch für Bettler'* schreiben«, sagte der Bibliomane. »Ich zweifele nicht daran, dass es das Narren-Verlagshaus herausgeben würde.«

»Ja«, sagte Mr Pedagog. »Eine Art von *'was der Bettler nicht machen sollte'*, zum Beispiel. Dass die Bettelei heutzutage ein Geschäft ist, kann nicht verleugnet werden, und alles, was daraus eine höfliche Berufung machen würde, wäre von unschätzbarem Wert.«

»Ich hatte das schon eine Zeit lang im Sinn«, sagte der Narr, eher gelangweilt. »Ich hatte vor, es *'Bettelei einfach gemacht'* zu nennen, oder *'Was der Bettler vermeiden sollte'*, mit zwei Kapitel über *'Etikette für Landstreicher'*.«

»Das Hauptproblem mit diesem Buch wäre, wie ich denke«, sagte der Poet, »dass die Bettler und Landstreicher es sich nicht leisten könnten.«

»Das würde einer Verbreitung nicht entgegenstehen«, entgegnete der Narr. »Es wäre ein armer Landstreicher, der nicht stehlen kann. Jeder vorstädtische Bewohner auf der Welt würde rein aus schierer Neugier ein solches Buch kaufen. Ich bekomme meine Tantiemen dann von denen.«

»Die Landstreicher könnten an die Bücher der Vorstadtbewohner kommen, genauso wie sie an deren Hühner, Feuerholz oder Kuchen kommen, der zum Abkühlen nach draußen gestellt wurde.«

»Was die Bettler anbelangt, werde ich es ihnen in die Hände legen lassen, durch die Leute, die sie anbetteln. Wenn zum Beispiel einer einem Vorbeikommenden trifft und sagt 'entschuldigen Sie, Sir, könnten Sie einen Nickel [fünf Cent] für einen hungrigen Mann erübrigen?', lasse ich den Vorbeikommenden sagen, wie von mir im Buch vorgeschlagen, 'entschuldigen Sie mich, Sir, aber unglücklicherweise habe ich meine Nickel in meiner anderen Weste gelassen, aber hier ist ein Exemplar der Ausgabe des Narren *Bettelei einfach gemacht'* oder *'Was der Bettler vermeiden sollte'*.«

»Und Sie denken, der Bettler würde das lesen, ist es so?«, fragte der Bibliomane.

»Ich weiß nicht, ob er das macht, oder nicht. Entweder er liest es, oder er versetzt es«, antwortete der Narr. In jedem Fall wäre er dann bessergestellt und ich hätte meine zehn Prozent Tantiemen an dem Buch. Nach dem 'Handbuch des Bettlers' würde ich meine Arbeit fortsetzen, wenn die gesellschaftliche Klasse, für die ich es geschrieben habe, von meinem ersten Unterfangen profitiert hat.

»Ich würde, als meinen Beitrag zur Bettlerliteratur, in den darauffolgenden Saison etwas zusammenstellen, was ich 'Eliteverzeichnis für den Bettler' nennen würde. Das würde mein Spektrum ein wenig erweitern. Es würde eine so weit wie möglich komplette Liste aller Personen beinhalten, die etwas an Straßenbettler geben, zusammen mit den Adressen, sodass die Bettler, anstatt die Straßen nachts heimzusuchen, zum Haus dieser Leute gehen könnten und ihr Geld mehr in einer geschäftsmäßigen und weniger unwürdigen Art und Weise einsammeln könnten.«

»Dazu würde ich zwei Listen beifügen, eine für Landstreicher, in dem sich die Familien wiederfinden, die Hunde halten, welche Familien etwas gegeben haben, ob das, was sie gegeben haben, bekömmlich war oder nicht, ergänzt mit einer Auflistung derjenigen, die nichts gegeben haben und die eine Telefonverbindung zur Polizeistation haben. Das würde sie in die Lage versetzen, Hunde und Abweisungen zu vermeiden, es würde dem Landstreicher die Zeit ersparen, die er bei den vergeblichen Versuchen Arbeit zu finden, die er nicht machen will, verplempert.«

»Und was die Leute anbelangt, die sich Hunde halten müssen, um die Landstreicher fernzuhalten, auch sie würden profitieren, denn die Landstreicher würden anfangen, sie zu meiden, und nach einer kurzen Zeit wären sie in der Lage, die Hunde loszuwerden.«

»Die andere Liste wäre für Drehorgelspieler, die, nach alledem, auch nur Bettler eines anderen Typs sind.«

»Diese Liste würde die Namen von Personen enthalten, die musikalisch sind und lieber einen Quarter [fünfundzwanzig Cent] bezahlen, als sich das Gedudel von einer Handorgel anzuhören. Durch eine sinnvolle Vereinbarung mit diesen Leuten, die schriftlich fixiert wird, könnte der Drehorgelspieler ziemlich viel Geld einnehmen, ohne das Haus verlassen zu müssen, ausgenommen, gelegentlich, um vor dem Haus eines überfälligen Vertragspartners zu spielen, um ihn daran zu erinnern, dass er seinen Vertrag hat auslaufen lassen.«

»Auf diese Weise, und nach und nach, könnten wir Bettler sehen, die ihre Arbeit privat und nicht öffentlich verrichten, Landstreicher würden sich nur noch unter denen aufhalten, deren Sympathie sie geweckt haben, und das Drehorgelspiel ist nur noch in der Erinnerung an Vergangenes.«

»Letzteres wird nicht passieren«, sagte Mr Pedagog, »denn es gibt Menschen, welche die Musik von Drehorgeln lieben.«

»Es ist wahr«, sagte der Narr, »ich bin einer von ihnen. Ich würde eine Kutsche mieten, um einer Drehorgel durch die Stadt zu folgen, wenn ich es mir leisten könnte, aber in der Regel sind die Drehorgelliebhaber in der Ein-Cent-Klasse zu finden.«

»Die Quarter-Klasse [Fünfundzwanzig-Cent-Klasse] besteht aus Leuten, die sich lieber keine Handorgel anhören, aber sie sind es, denen sich der Herumleierer mit Geschäftspotenzial widmen sollte. Es ist weit angenehmer zu Hause zu bleiben und viel Geld dafür zu bekommen, nichts zu tun, als einen ermüdenden Marsch durch die Stadt zu unternehmen, um kleine Summen zu kassieren, für etwas, das man tut. Das entspricht der menschlichen Natur, sagte er zu Mr Pedagog.«

»Ich nehme an, das ist richtig«, sagte Mr Pedagog, »aber ich denke nicht, dass ihr Plan das auch ist. Die menschliche Natur funktioniert, aber ihr Plan würde das nicht.«

»Nun, natürlich«, sagte der Narr, »man kann das bei Wunschvorstellungen nie sagen. Die Tatsache, dass eine Wunschvorstellung ein Wunsch ist, ist das Hauptargument dagegen, dass viel dabei herauskommt. Aber ich bin zuversichtlich, wenn mein 'Was der Bettler vermeiden sollte' und das 'Elite Verzeichnis' keinen Erfolg haben würden, das sich dann das andere Buch gut verkaufen wird.«

»Sie erscheinen mir so, als hätten Sie das Schreiben einer ganzen Bücherei im Sinn«, spöttelte der Bibliomane.

»Das habe ich auch«, sagte der Narr. »Wenn ich alle Bücher schreibe, die ich im Sinn habe, wird die öffentliche Bücherei eine kleine Sache sein, verglichen mit meiner.«

»Und ihr anderes Buch, um was geht es da?«, fragte Mr Whitechoker.

»*Plausible Geschichten, die Bettler erzählen können*«, sagte der Narr. »Wenn der Bettler eine interessante Geschichte zu erzählen hat, darf er sich eines Ohres sicherer sein, in das er hinein flüstern kann. Die üblichen Geschichten eines Bettlers sind uninteressant. Da steckt keine Kunst drin. Es gibt keine Verwicklungen, die Interesse auf sich ziehen. Es gibt keine menschliche Seele, wage ich zu sagen, die es nicht vorzieht, den Bettler mitten in seiner Geschichte zu unterbrechen.«

»Die Geschichten, die ich für sie schreiben würde, wären so interessant, dass die Aufmerksamkeit des Vorbeikommenden sofort in Beschlag genommen wird. Statt weiterzueilen und den Bettler zurückzulassen, würde er anhalten, vom Bettler festgenagelt werden, der ihn dann bittet, sich auf einer bequemen Türschwelle hinzusetzen, und dann seine Geschichte fortsetzen.«

»Wenn der Bettler solch eine Geschichte zu erzählen hätte, die ihn in die Lage versetzt, in der Mitte einer der interessantesten Episoden heißer in das Ohr des Mannes zu flüstern, dessen Nickel [fünf Cent] er haben will, 'den Rest der Geschichte erzähle ich Ihnen morgen Abend um neun Uhr im Central Park', und zwar auf eine solche Weise, die den Zuhörer zwingt, ihn am folgenden Abend im Park zu treffen, hätte er sein Geld gemacht. Ich hoffe, dass ich eines Tages ein solches Buch schreiben werde.«

»Ich zweifle nicht daran«, sagte Mr Whitechoker, »dass es eine unterhaltsame Ergänzung zur Erdichtungsliteratur sein wird.«

»Ich zweifle auch nicht daran«, sagte der Narr. »Ich werde die Schreiber von heute grün vor Neid werden lassen, und, was die Bettler anbelangt, wird es nicht allgemein bekannt sein, dass ich dafür verantwortlich bin, und nicht sie, und in kürzester Zeit werden sie sich als gesuchte Schreiber für Erdichtungsliteratur für die Magazine wiederfinden.«

»Und Sie?«, brachte der Poet vor.

»Ich werde zufriedengestellt werden. Reine Dankbarkeit wird die Bettler dazu zwingen, mir die Aufträge der Magazine zuzusenden, und ich werde ihnen die Artikel schreiben und gerne zehn Prozent der Einnahmen überlassen.«

»Ich kenne einen Mann, der fünfzig Dollar im Jahr für Auftragsarbeiten von Magazinen macht, und eine meiner Ambitionen ist, die Banker-Poeten und Mode-Texter herauszufordern und Ruhm als der Pensions-Charles-Dickens zu erlangen.«

Organisierte Waffeln

»Ich befürchte«, sagte Mr Pedagog in einem lauten Flüstern zum Bibliomanen, »dass der Narr sich heute Morgen nicht wohlfühlt. Er hat drei Fischkuchen und eine Waffel gegessen, ohne seinen Mund aufzumachen.«

Der Narr schaute hoch, starrte für einen Moment müde auf Mr Pedagog, zuckte mit den Schultern und gab ein 'Ach was!' von sich.

»Er ist abgelenkt«, sagte der Bibliomane. »Immer wenn er 'Ach was!' sagt, können Sie sich darauf verlassen, dass er bald sein Vokabular loslässt.«

»Wenn mein Vokabular so windschief wäre, wie anderes Vokabular, das ich hier erwähnen könnte«, sagte der Narr und nahm sich noch eine Waffel, die wie die Herz-Sechs geformt war, »würde ich es in einem Käfig einsperren. Ein Mann, der beobachtet wie ich drei Fischkuchen gegessen habe und eine Waffel, ohne meinen Mund aufzumachen, kann keine sehr gute Beherrschung seiner Sprache haben. Er erwähnt einfach nur eine Tatsache, welche in Wirklichkeit eine Unmöglichkeit ist, wenn man zugesteht, dass ich mit meinem Mund so esse, wie man es mir beigebracht hat.«

»Sie wissen, was ich meine«, gab Mr Pedagog ungeduldig zurück. »Ich befinde mich so oft in ihrer Gesellschaft, dass ich die sehr schlechte Gewohnheit angenommen habe, im Volksmund zu sprechen. Wenn ich sage, Sie haben ihren Mund nicht aufgemacht, beziehe ich mich nicht auf das Aufmachen, um Waffeln und Fischkuchen hineinzuschieben, sondern auf diese massiven Öffnungen, die Sie für ihre überbordende Schwatzhaftigkeit brauchen. In anderen Worten, ich wollte sagen, dass sie wenigstens für die letzten drei Minuten kein einziges Wort gesprochen haben, was natürlich ein Indiz für uns ist, dass Sie sich nicht wohlfühlen. Sie und Sprechen gehören zusammen, was unsere Meinung anbelangt.«

»Man hat mich schon sprechen gehört – das ist wahr«, sagte der Narr. »Und dass ich mich heute Morgen nicht wohlfühle, ist auch wahr. Ich habe Kopfschmerzen.«

»Was für Schmerzen?«, fragte der Doktor spöttisch.

»Sehr schlimme Kopfschmerzen«, antwortete der Narr und schaute sich nach der nächsten Waffel um.

»Wie sonderbar!«, sagte der Bibliothekar. »Das erinnert mich an eine Geschichte, die ich gehört habe, von einem Mann, der seinen Fuß verloren hat. Sein Fuß wurde im Kampf in Gettysburg weggeschossen, und dennoch konnte er noch für Jahre die von Rheuma kommenden Schmerzen fühlen, an denen er in diesem Fuß ehemals gelitten hatte.«

»Entschuldigen Sie, dass ich mich wiederhole«, bemerkte der Narr. »Aber wie ich schon sagte, und auch erwarte, dass ich es noch oft sagen muss, 'Ach was!' Ich kann Ihnen jedoch nicht verübeln, dass Sie denken, ich hätte keinen Kopf. Ich finde, dass er hier so wenig gebraucht wird, dass ich ihnen diesen in den meisten Fällen nicht aufdränge.«

»Ich habe kein Fehlen des Kopfes beim Narren bemerkt«, warf der Schulmeister ein. »In der Regel kann ich allem zustimmen, was mein Freund der Bibliomane sagt, aber in diesem Fall kann ich seine Ansichten nicht akzeptieren. Sie haben einen Kopf. Ja, Sie haben einen Kopf. Ich habe immer gesagt, dass Sie einen Kopf haben – in der Tat ist es das, worüber ich mich am meisten beschwere, es ist solch ein großer Kopf.«

»Ich danke Ihnen«, sagte der Narr und ignorierte den Seitenhieb. »Ich werde niemals ihre Güte vergessen, dass Sie mir zu Hilfe gekommen sind, obwohl ich nicht sagen kann, dass ich das gebraucht hätte. Selbst mit quälenden Kopfschmerzen, unterstützt durch diese vorzüglichen Waffeln, denke ich, dass ich mit meinen gelehrten Freund und den Doktor ohne Beistand umgehen kann.«

»Ich bin, wie es die Mathematiker nennen würden, eine arithmetische Absurdität – ich bin im als Einzelner den beiden gleichwertig, die sie darstellen. Im Moment ziehe ich es jedoch vor, sie reden zu lassen. Ich bin zu sehr durch Gedanken und Waffeln in Anspruch genommen, um mit Worten herumzuspielen.«

»Wenn ich Kopfschmerzen hätte«, sagte Mrs Smithers-Pedagog, ohne dass Sie, wie man bemerken muss, den Wunsch hatte, sich gegen die Waffel-Flut zu stemmen, die sich langsam aber sicher in den Verdienst der Woche hineingefressen hatte – »wenn ich Kopfschmerzen hätte, würde ich nicht so viele Waffeln essen, Mr Narr.«

»Ich denke, ich sollte das auch nicht«, antwortete der Narr, »aber ich kann mir nicht helfen, Ma'am. Waffeln sind meine Schwäche. Manche Männer trinken, manche spielen, ich suche das Leid bei den Waffeln zu vergessen. Mr Whitechoker, könnten Sie mir gütigst diese dampfende Karo-Zehn-Waffel herüberreichen, die ihre Wärme in die einsame Luft vor Ihnen verschwendet.«

Mr Whitechoker tat, was man von ihm verlangte, mit einem Seufzer, der andeutete, dass er selbst ein Auge auf diese Waffel geworfen hatte.

»Vielen Dank«, sagte der Narr, der die Waffel auf seinen Teller legte. »Lassen Sie mich sehen – das sind jetzt wie viele?«

»Fünf«, sagte Mr Pedagog.

»Acht«, sagte der Bibliomane.

»Meine Güte!«, rief der Narr aus. »Warum könnt ihr Euch nicht einigen? Ich esse niemals weniger als zwölf Waffeln, und nun, da sie versagt haben, mitzuzählen, muss ich wieder von vorne anfangen. Mary, bringen Sie mir ein Dutzend frische Waffeln in Gruppen von vieren. Das ist ein ideales Frühstück, Mrs Smithers-Pedagog.«

»Es freut mich, dass Sie zufrieden sind«, sagte die Vermieterin gütig. Mein einziges Ziel ist es, die Leute zufriedenzustellen.

»Sie sind ein besseres Exemplar als die meisten Frauen«, sagte der Narr. »Ich wundere mich«, fügte er noch hinzu, »dass Waffeln allgemein nach Spielkarten geformt werden, und auch, wenn sie schon nach Spielkarten geformt werden, warum es dann keinen vollständigen Satz gibt?«

»Zweiundfünfzig Waffeln wären zu viel«, sagte Mr Whitechoker.

»Dreiundfünfzig, wenn man den Joker mitrechnet«, sagte Mr Pedagog.

»Was weißt *du* über Spielkarten, John?«, fragte Mrs Pedagog überrascht und in ernstem Ton.

Der Narr lachte.

»Haben Sie schon einmal dieses hübsche kleine Lied von Gilbert und Sullivan gehört, Mr Poet, 'Die Dinge sind selten so, wie sie scheinen'?«, fragte der Narr.

»Warum sollte ich nichts über Spielkarten wissen?«, sagte Mr Pedagog scharf. »Mr Whitechoker scheint zu wissen, dass ein Kartenspiel zweiundfünfzig Karten hat – und wenn er, warum nicht auch ich?«

»Ich – äh – ich muss mich mit vielen lasterhaften Dingen vertraut machen, für die ich wenig Sympathie habe«, bemerkte Mr Whitechoker ausdruckslos. »Ich betrachte Karten als eine Abscheulichkeit.«

»Ich auch«, sagte Mr Pedagog, »ich auch. Aber selbst dann kann ich ein Full House – ich sollte sagen vollen Satz von äh – äh – «

»Von einem Bobtail-Flush unterscheiden«, warf der Narr ein.

»Sir«, sagte Mr Pedagog, »ich kenne mich nicht so gut mit Poker-Fachausdrücken aus.«

»Dann müssen Sie es spielen«, sagte der Narr. »Der Mann, der dieses Spiel nicht kennt, hat gewöhnlich großes Glück.«

»Es tut mir aber leid, Mr Pedagog, dass Sie so sehr gegen Karten sind, denn ich wollte gerade einen Vorschlag machen, der, so wie ich glaube, die Harmonie in unserem kleinen Kreis an den Waffel-Tagen fördern würde.«

»Wenn Sie Karten als gänzlich unmoralisch betrachten, ist dieser Vorschlag natürlich ohne Wert, denn er beinhaltet zwei komplette Sätze von Karten – einen Satz aus Pappe und einen Satz aus Waffeln.«

»Ich lehne die Karten nicht als Karten ab, Mr Narr«, sagte die Vermieterin. »Es sind die

Spiele, welche die Leute damit spielen, die ich ablehne. Sie bringen eine große Menge an unnötigem Elend in diese Welt, und aus diesem Grunde denke ich, dass es besser ist, sie insgesamt zu meiden.«

»Das ist durchaus richtig«, sagte der Narr. »Sie bringen viel Unglück mit sich. Ich kenne eine junge Frau, die einst ein Opfer von Schlaflosigkeit wurde, weil sie in einer Serie von zehn Spielen 'Schwarzer Peter' den Schwarzen Peter sieben Mal bekommen hatte. Natürlich war es nicht vollständig die Schuld der Karten. Aberglaube hat etwas damit zu tun.«

»Manchmal denke ich, dass die Schuld bei den Leuten liegt, die spielen, und nicht an den Karten.«

»Ich verdanke dem Spiel 'Whist' sehr viel. Es hat mich gelehrt, meine Zunge zu kontrollieren. Ich wäre ein Stammgast bei Gesprächsrunden geworden, wenn es Whist nicht gegeben hätte.«

Mr Pedagog schaute den Narren entgeistert an.

»Leiden Sie unter dem Selbstbetrug, dass Sie glauben, die Kontrolle über ihre Zunge haben?«, fragte er brüsk.

»Natürlich glaube ich das«, sagte der Narr.

»Nun, da muss ich eine Notiz darüber machen«, sagte Mr Pedagog. »Ich habe einen Freund, der eine Sammlung von Halluzinationen zusammenstellt.«

»Geben Sie mir seine Adresse«, sagte der Narr. »Ich werde ihm Tausende schicken. Für fünf Dollar pro Dutzend erfinde ich Halluzinationen für ihn, die Leute haben könnten, aber nicht haben.«

»Nein«, antwortete der Schulmeister. »Ich danke Ihnen aber an seiner Stelle. Er sammelt nur wirkliche Halluzinationen, und er findet genügend davon, ohne einen professionellen Irren zu beschäftigen, der ihn damit versorgt.«

»Nun gut«, sagte der Narr, der sich wieder seinen Waffeln widmete. »Wenn er irgendwann feststellt, dass sein Nachschub nicht mehr reicht, wird es mir eine Freude sein, mein Angebot zu erneuern.«

»Sie haben uns ihr Harmonieförderungs-Programm für die Waffel-Tage noch nicht erläutert«, wendete der Poet ein. »Es hat mein Interesse geweckt.«

»Oh, das ist ganz einfach«, sagte der Narr. »Ich habe bemerkt, dass an den Waffel-Tagen die meisten von uns den Tisch unzufrieden verlassen. Wir werden in scharfsinnige Diskussionen hineingeworfen, welche, meiner Meinung nach, nur von den Waffeln kommen. Mr Pedagog ist ein höchst liebenswürdiger Gentleman, und dennoch finden wir ihn an diesem Morgen voller Schärfe vor.«

»Oberflächlich gesehen, scheine ich die Ursache für seinen Ärger zu sein, aber in Wirklichkeit bin nicht ich es, sondern die Waffeln.«

»Er hat mich gesehen, wie ich sie allmählich in mich aufgenommen habe, und das hat ihn irritiert. Jede Waffel, die ich esse, hätte *er* haben können, wenn ich nicht da gewesen wäre. Wenn hier niemand gewesen wäre außer Mr Pedagog, hätte er alle Waffeln bekommen. So ist aber das Angebot für ihn limitiert und es beeinträchtigt seine Freundlichkeit. Es macht ihn – «

»Entschuldigen Sie«, sagte Mr Pedagog, »aber sie liegen vollkommen falsch. Ich habe überhaupt nicht an solche Dinge gedacht.«

»Bewusst haben Sie das nicht«, sagte der Narr. »In ihrem Unterbewusstsein haben Sie es aber doch getan.«

»Die Philosophie des Unterbewusstseins lehrt uns, dass, ohne unser Wissen, unsere Handlungen direkt auf Motive zurückzuführen sind, denen wir uns nicht bewusst sind. Die Wahrheit dieser Annahme ist in diesem Fall eindeutig bewiesen. Selbst wenn ich ihnen die Fakten in dieser Sache erläutere, verneinen Sie deren Wahrheit und zeigen dabei, dass Sie sich der wahren, zugrunde liegenden Motive für ihre Verärgerung nicht bewusst sind.«

»Nun, warum gibt es diese Verärgerung? Weil unsere getrennten Rechte an den individuellen Waffeln nicht von Anfang an klargemacht worden sind.«

»Wenn Mary eine dampfende Platte voll von diesen köstlichen Kreationen der Köchin hereinbringt, hat Mr Pedagog genauso viel Rechte an der Waffel mit der Herz-Sechs darauf, wie ich sie habe, aber ich bekomme sie, und er bekommt sie nicht. Deshalb ist er verärgert, obwohl er das nicht weiß.«

»Genauso ist es mit Mr Whitechoker. Vor fünf Minuten hat er hastig an der Waffel mit der Pik-Vier gegessen, um in den Besitz der Karo-Zehn zu kommen, die dampfend vor ihm lag.«

»Als er gerade dabei war, diese letzte Pik-Waffel in den Mund zu stopfen, habe ich ihn aufgefordert, mir die Karo-Zehn herüberzureichen, nachdem ich die Kreuz-Zwei heruntergewürgt hatte, um einen Vorsprung ihm gegenüber zu bekommen.«

»Er konnte sie mir nicht verweigern, nur weil er sie selbst wollte. Er musste sie mir geben. Er war verärgert – obwohl er es nicht wusste. Er seufzte und gab mir die Waffel.«

»Ich wollte sie wirklich«, sagte Mr Whitechoker, »aber ich wusste nicht, dass ich geseufzt habe.«

»Da, jetzt sehen Sie es«, sagte der Narr. »Das ist wieder die Philosophie des Unterbewussten. Wenn Sie sich einer so unmittelbaren Sache wie einem Seufzen nicht bewusst sind, um wie viel unbewusster müssten Sie bei etwas so Raffiniertem als Beweggrund sein?«

»Und ihr Waffel-Kartenspiel?«, sagte der geniale alte Gentlemen, der sich gelegentlich besäuft. »Wie kann es das Problem lösen? Es scheint mir so, als würde es dieses nur noch verkomplizieren. So wie es ist, haben wir ungefähr dreißig Waffeln und jede von ihnen ist ein Keim der Verärgerung in der Brust des Mannes, der sie *nicht* isst. Wenn Sie zweiundfünfzig Waffeln haben, haben sie zweiundzwanzig Keime mehr, um Zwietracht in unserer Mitte zu sähen.«

»Das hätten Sie, aber nicht bei meinem Plan«, sagte der Narr.

»Ich habe ein Kartenspiel auf dem Tisch. Ich teile sie aus, genauso wie sie es beim Whist-Spiel machen. Jede Karte würde für die entsprechende Waffel stehen. Wir beginnen mit dem Frühstück, indem wir eine Runde, wie beim Whist, spielen.«

»Jeder Mann würde seine Stiche behalten, und wenn die Waffeln serviert werden, würde er die bekommen, und nur die, die den Karten entsprechen, die er bei seinen Stichen bekommen hat. Wenn Sie einen Stich gemacht haben, mit dem Karo-König darin, bekommen Sie die Waffel mit dem Karo-König darauf, und so weiter. Jeder Mann würde dann durch sein Geschick im Spiel nur die Waffeln gegessen haben, zu denen er berechtigt ist.«

»Sehr gut«, sagte Mr Whitechocker. »Nehmen wir aber mal an, man hätte Pech gehabt und keinen Stich gemacht?«

»Dann«, sagte der Narr, »hätten Sie eben Pech gehabt und bekommen keine Waffeln.«

»Ach was!«, sagte Mr Pedagog.

Und das war einzige Kritik, die irgendeiner der Pensionsgäste vorzubringen hatte, obwohl es Grund zu der Annahme gibt, dass die Mehrheit von ihnen etwas an dem Plan zu beanstanden hatte, denn bisher wurde 'Organisierte Waffeln' noch nicht bei Mrs Smithers-Pedagog gespielt.

Zentrale Abrechnungsstelle für Poeten

»Wie geht es heute ihrer Muse, Mr Narr?«, fragte der Bibliomane eines Sonntagmorgens, während der Brei serviert wurde.

»Sie blüht auf«, sagte der Narr. »Sie blüht nur auf – und nichts weiter.«

»Ich denke, Sie sollten zufrieden sein, wenn sie aufblüht«, sagte der Doktor.

»Mir wäre es lieber, sie würde aufhören aufzublühen und anfangen, ein wenig zu schreiben«, sagte der Narr. »Sie ist eine seltsame Muse, die Muse von mir. Sie hat alles von der Erscheinung und der Anmut einer Schreibmaschine, mit einer unüberwindbaren Abneigung zu arbeiten.«

»Sie betrachten ihre Muse, wie Sie ihre Schreibmaschine betrachten, äh?«, sagte Mr Pedagog.

»Ja«, sagte der Narr. Das ist alles, was meine Muse ist, und sie ist noch nicht einmal eine fähige Schreibmaschine. Die normalen Schreibmaschinen, die verkauft werden, geben dem, was sie schreiben, einen Sinn, aber meine Muse macht das nicht. Sie mögen das nicht glauben, aber von den zehn Eingebungen, die ich letzte Woche hatte, war nicht eine dabei, die für eine Veröffentlichung geeignet war, weder in einem Magazin, noch in der Rätselspalte.«

»Ich weiß nicht, was mit ihr los ist, aber wenn ich mich hinsetze, um ein komisches Sonett zu schreiben, münzt sie es in ein ernstes Jingle um, und *vice versa*. Es scheint so, dass wir unsere Stimmungen nicht angleichen können. Wenn ich ernsthaft sein will, ist sie flapsig, und wenn ich flapsig werde, ist sie ernsthaft.«

»Dann muss sie die meiste Zeit über sehr ernsthaft sein«, sagte der Doktor.

»Das ist sie«, sagte der Narr arglos. »Aber das ist nur so, weil ich die meiste Zeit über flapsig bin. Ich werde sie warnen. Wenn sie sich nicht zusammenreißt und sich mehr für die Arbeit interessiert, werde ich mir eine andere Muse besorgen, das ist alles. Ich kann es mir nicht leisten, dass sich mein Einkommen um fünfzig Prozent reduziert, nur weil sie so launisch ist.«

»Vielleicht flirtet sie mit jemand anderem«, meinte der Poet. »Meine Muse macht das gelegentlich.«

»Das bezweifle ich«, sagte der Narr. »Ich habe keinen anderen Poeten bemerkt, der in meinen speziellen Bereich eingedrungen ist. Selbst Sie, so gut wie Sie sind, können das nicht. Aber in jedem Fall werde ich etwas ändern.«

»Die Tage sind vorbei«, fuhr der Narr fort, »wo ein *Ein-Muse*-Poet Größe erlangt. Ich werde ein halbes Dutzend von ihnen anstellen und versuchen, den Poeten-Markt zu beherrschen. Es ist seltsam, dass in all den Jahren, wo Männer sich der Poesie widmen, noch niemand daran gedacht hat. Leute beherrschen den Getreidemarkt, die Eisenbahnaktien, haben Monopole bei Gas und Öl und alles andere, was es noch gibt, aber noch kein Poet beherrscht den Markt in seinem Geschäft.«

»Das kann leicht erklärt werden«, sagte der Bibliomane. »Der Poet kontrolliert nur seine eigene Arbeit, und wenn er noch einen Rest von Verstand hat, wird er das nicht monopolisieren wollen.«

»Das ist überhaupt nicht mein Plan«, sagte der Narr. »Sie haben immer ein Monopol auf ihre eigene Arbeit, wenn Sie davon Gebrauch machen wollen, und, wie Sie sagen, wäre ein Mann verrückt, das zu tun.«

»Was ich mir vorstelle, ist eine Art von Gesellschaft, die als zentrale Abrechnungsstelle für Poeten arbeitet. Nehmen wir zum Beispiel an, dass ich ein Büro in der Wall Street eröffnen würde – eine Bank für Poeten, in der alle Dichter ihre Verse deponieren könnten, wie sie aus ihrer Feder kommen, und einen Wechsel darauf ausstellen, wie sie es in gewöhnlichen Banken mit ihrem Geld tun. Das wäre schön.«

»Nehmen Sie einen Mann wie Swinburne oder unseren Freund hier«, fuhr er fort. »Ein Poet könnte ein Sonnet nehmen, das er geschrieben hat, es indossieren, und in der Bank deponieren. Ihm würde ein Sonnet gutgeschrieben und er würde sich danach nicht den Kopf zerbrechen müssen. Er könnte dann einen Wechsel dagegen ausstellen.«

»Wenn die Zentrale Abrechnungsstelle es bei einem Magazin loswerden kann, würde sein Wechsel in voller Höhe in bar honoriert, abzüglich Diskontgebühren, was Porto und Kommissionen für die Gesellschaft einschließen würde.«

»Und nehmen wir einmal an, die Gesellschaft könnte es nicht loswerden?«, fragte der Poet.

»Sie würden das wie normale Banken mit ihren Schecks machen – sie stempeln sie 'Nicht Gut', sagte der Narr.«

»Das würde aber nicht sehr oft passieren«, fuhr der Narr fort. »Wenn der Konzern einen intelligenten Kassierer hätte, um Nachahmungen zu entdecken oder, wenn der Kassierer für seinen Job geeignet ist, würde er es sofort erkennen und zurückweisen, wenn ein Poet einen Vierzeiler vorbeibringt, der fünf Zeilen hat.«

»Genauso ginge es mit Comic-Gedichten. Ich könnte mit einem Gedicht hingehen, von dem ich denke, dass es komisch ist, und den normalen Einzahlungsbeleg ausfüllen. Der Kassierer würde sich das für ein paar Sekunden anschauen, den Humor sorgfältig unter die Lupe nehmen, und es dann, wenn es nicht das ist, was ich gedacht habe, mit 'Nicht Komisch' oder 'Fälschung' abstempeln. Es ist sehr simpel.«

»Sehr simpel«, sagte Mr Pedagog, »obwohl ich ein Synonym für simpel gebraucht hätte, um das zu beschreiben. Es ist idiotisch.«

»Das ist, was die Leute zur Idee von Columbus gesagt hatten, als er Amerika entdecken wollte«, sagte der Narr. »Alles, wo nicht Dollar überall sichtbar drübergeschmiert ist, ist idiotisch.«

»Das Wort 'drübergeschmiert' ist neu für mich«, sagte der Schulmeister, »aber ich denke, ich weiß, was Sie meinen.«

»Das Wort 'drübergeschmiert' mag neu für Sie sein«, sagte der Narr, »aber es ist ein gutes Wort. Ich habe es mehrere Male mit großer Wirkung benutzt. Wenn immer mir jemand, wie so oft, die idiotische Frage stellt 'Was ist ein gutes Wort?', antworte ich immer 'drübergeschmiert', und der 'Was-ist-ein-gutes-Wort-Plagegeist' geht mit Kopfschmerzen davon. Er weiß nicht, was ich meine, genauso wenig wie ich es tue, aber es bringt ihn zum Schweigen, womit man viel erreicht hat.«

»Ich muss zugeben«, sagte der Poet, »dass ich nicht sehen kann, wo so eine Zentrale Abrechnungsstelle ihr Geld machen kann. Normalerweise stimme ich ziemlich mit ihren Plänen überein, aber in diesem Fall laufe ich zum Feind über.«

»Ich habe nicht gesagt, dass es eine Goldmine ist«, sagte der Narr. »Ich bezweifle, wenn ich jeden Cent hätte, den irgendjemand an irgendjemand in einem Jahr für Poesie zahlt, dass mein Einkommen den hundertsten Teil von dem erreichen würde, was ein erfolgreicher Seifenfabrikant bekommt; aber es könnte mehr Geld in der Poesie stecken, als jetzt, wenn wir den Markt durch Zusammenlegen der Interessen beherrschen.«

»Nehmen wir einmal an«, fuhr er fort, alle Schreiber von Vierzeiler in Amerika würden ihre ganzen Werke zu uns schicken. Wir könnten zu den Magazinen sagen, dass Vierzeiler nicht mehr so einfach zu haben sind, wie sie es einmal waren.«

»Wenn Sie einen Reim brauchen und ein wenig vierzeiliges Leuchten, um ihre zweiunddreißigste Seite endlich zu Ende zu bringen, dann wäre unser Preis fünfundzwanzig Dollar, anstatt fünfundsiebzig Cents, wie in der Vergangenheit.«

»So würden wir das mit allen anderen Arten von Versen machen. Wir nennen nur unseren Preis, zwingen die Verleger, ihn zu akzeptieren, und liefern aus. Wir könnten bei den letzten dreißig- oder vierzigtausend hängen bleiben, aber unser Gewinn an den anderen würde reichen, unseren Verlust zu decken.

»Und würden Sie den Autoren die fünfundzwanzig Dollar bezahlen?«, fragte Mr Whitechoker.

»Nicht, wenn wir noch alle Sinne beisammen haben«, antwortete der Narr. »Wir würden dem Autor zwei Dollar fünfzig bezahlen, was einen

Dollar und fünfundsiebzig Cents mehr ist, als er jetzt bekommt. *Er* könnte sich nicht beklagen.«

»Und diejenigen, die sie nicht verkaufen können?«, fragte der Bibliomane.

»Wir markieren sie einfach mit 'Nicht Gut' und schicken sie dem Autor zurück«, sagte der Narr. »Das passiert ihm jetzt auch, sodass diesbezüglich keine Einwände kommen könnten.«

»Aber da gibt es bei dieser Sache noch eine andere Seite«, sagte der Narr. »Die Herausgeber wären genauso bestrebt, die Zentrale Abrechnungsstelle zu fördern, wie die Poeten selbst. Wenn sie das Geschäft mit uns machen, würden sie sich die Notwendigkeit ersparen, Dichter zu interviewen. Das ist, so wie ich informiert bin, immer schmerzhaft, wegen der Unerlässlichkeit unter der die Herausgeber leiden, den Dichtern klarzumachen, dass sie für einen Gewinn im Geschäft sind und nicht für den Spaß oder das reine Versenken von Geld mit einem Magazin.«

»Die Herausgeber würden ein festes Konto in Bargeld bei uns in der Bank haben. Sagen wir mal, ein Magazin braucht für einhundert Dollar Verse im Monat. Die Herausgeber würden am Anfang des Jahres zwölfhundert Dollar bei uns deponieren und während des Jahres dagegen Sonette, Balladen oder Pastellzeichnungen abholen, genau so, wie sie es brauchen.«

»Die Schecks würden etwa so aussehen: 'Die Zentrale Poeten-Abrechnungsstelle der Stadt New York, liefert an John Bluepencil, Editor, oder an Order, zehn Sonette, (Unterschrift), Blank Brothers & Co.' Oder vielleicht erhalten wir eine Notiz von einem Herausgeber im Süden, etwa so: 'Wir haben auf Sie auf Sicht gezogen, für acht Vierzeiler und ein Triolet'.«

»Wenn man nun in Betracht zieht, wie viele Herausgeber es gibt, die immer einen Bargeldbestand bei uns haben, bekommen Sie eine Vorstellung, wie wir unsere laufenden Ausgaben bestreiten und unsere Quartalsdividende an die Aktionäre ausschütten können.«

»Und was zukünftige Dividenden anbelangt, würde uns unsere Kreditabteilung soviel Einnahmen bringen, um die Aktie sogar mündelsicher zu machen.«

»Sie hätten eine Kreditabteilung, äh?«, sagte Mr Pedagog.

»Die würde wohl sehr beliebt sein«, sagte der Poet, »aber auch hier bestreite ich die Gewinnaussichten. Sie könnten viele Poeten finden, die bei Ihnen Geld borgen, aber ich bezweifele die Sicherheit bei diesen Krediten.«

»All ihre Einwände basieren auf falschen Annahmen«, sagte der Narr. »Die Kreditabteilung würde kein Geld verleihen. Sie würde Gedichte für eine Vergütung verleihen, an diejenigen, die welche brauchen, um ihre Verpflichtungen zu erfüllen.«

»Wer auf der Welt würde sich ein Gedicht borgen, würde ich gerne wissen?«, sagte der Bibliomane.

»Hauptsächlich die Liebhaber«, sagte der Narr. »Da Sie nie selbst ein Dichter waren, Sir, haben Sie auch keine Ahnung davon, wie weit die reine Begabung, schnell ein Sonett unter die Augen einer Lady zu bringen, dem Mann hilft, der Besitzer dieser Augen zu werden, zusammen mit dem Rest der Lady. Ich habe gesehen, wie Frauen durch ein Rondeau erobert wurden.«

»In der Tat habe ich selbst zahlreiche unpoetische Rivalen in die Flucht geschlagen«, fuhr er fort, »indem ich in ihren Reihen flammende Vierzeiler für die blonden Objekte ihrer Zuneigung habe explodieren lassen.«

»Bei den Frauen hat der Mann, der eine Dankeshymne schreiben kann, für die Erlaubnis in ihre coelinblauen Himmelskugeln schauen zu dürfen, einen großen Vorteil gegenüber dem Wicht, der ihr in banaler Prosa sagt, dass sie schöne blaue Augen hat. Der Wicht mit seiner banalen Prosa weiß das auch, und er würde zehn Prozent seines Gehalts während seines Liebeswerbens zahlen, und könnte sich dann einen Plan zurechtlegen, wie er sich später wieder als Poet verabschiedet. Um diese Nachfrage zu befriedigen, würden wir unsere Kreditabteilung installieren.«

»Ein ideenloser Liebhaber könnte vorbeikommen und die Frau beschreiben, die er anbetet. Der Kreditsachbearbeiter würde ein Sonett herausfischen, das zu dem Mädchen passt, und der Liebhaber könnte es für zehn Tage ausborgen, genauso wie sich Broker Aktien leihen. Damit bewaffnet könnte er nach Harlem gehen, oder wo auch immer die Maid wohnt, und würde dabei Verblüffung in die Herzen seiner Rivalen bringen, indem er das Sonett hervorsprudeln lässt, als hätte er es sich gerade ausgedacht.«

»So ginge es weiter. Für den nächsten Besuch könnte er sich eine Ballade leihen, welche die Glorie ihrer rabenschwarzen Locken besingt, die er mit der wundervollen Nacht vergleicht, oder, wenn die Locken rot sind, anstatt schwarz, mit der 'Aurora Borealis', dem nördlichen Polarlicht.«

»Sie werden Schwierigkeiten haben, einen Reim auf Borealis zu finden«, sagte der Poet.

»Ach was!«, sagte der Narr. Was ist mit dem? Das reimt sich immer:

Du bist an Glorie so reich *Alice*
Hör auf meine Geschichte zugleich, *Alice*
Ich ziehe in einen blutigen Krieg so bleich, *Alice*
Bist ein Tory, dann von mir weich', *Alice*
(das wäre für ein Revolutionsgedicht)
Sonst: Komm, rudere mich zum Deich, *Alice*

Das könnte man endlos weiterführen.

»Wenn Sie einmal ein Reim-Wörterbuch schreiben, werde ich ein Exemplar kaufen«, war der einzige Kommentar des Poeten.

»Das würde später kommen«, sagte der Narr. »Wenn wir erst einmal unsere Zentrale

Abrechnungsstelle etabliert haben, können wir uns weiter verzweigen in eine 'Allgemeine Poesie Trust und Versorgungsgesellschaft' und Millionen machen. Wir werden so viel Geld machen, bei Gott!«, fügte er hinzu und schlug dabei enthusiastisch auf den Tisch, »dass wir es uns leisten können, selbst in das Verlagsgeschäft zu gehen und schriftstellerische Werke für alle und jeden herausbringen.«

Wir können mit Ruhm handeln! Ein Mann, der seinen eigenen Namen nicht so schreiben kann, sodass ihn jeder lesen könnte, würde zu uns kommen und sagen: 'Gentlemen, ich habe alles außer Verstand. Ich möchte ein Autor werden und unter diesen stehen. Man hat mir gesagt, dass es großes Vergnügen bereitet, sein eigenes, gedrucktes Buch zu sehen. Ich habe kein Buch, aber ich habe einige Dollar, und wenn Sie ein erstklassiges Gedichtbuch unter meinem Namen herausbringen, übernehme ich alle Kosten und gebe Ihnen eine Tantieme von zwanzig Prozent auf jedes Exemplar, das ich verteile'.«

»Da soll kein Geld drinstecken? Bah! Ihr Gentlemen habt keine Ahnung«, sagte der Narr. »Wenn Sie sagen, dass hier kein Reichtum bei dieser Unternehmung wartet, sage *ich*, dass Sie die Art von Männern sind, die Staatsanleihen für ihren reinen Wert als eine Grafik verkaufen, wenn Sie die Gelegenheit dazu haben.«

»Sie zeichnen wirklich ein rosarotes Bild«, sagte Mr Whitechoker.

»Das tue ich in der Tat«, sagte der Narr, »und die Farbe ist dabei dick aufgetragen.«

»Nun, ich hoffe, dass das was wird«, sagte der Poet. »Ich werde am ersten Tag eine Einlage von dreihundertsechzig Balladen, vierhundert-dreiundzwanzig Doppelversen, neunundachtzig Rondeaus und ein Epos von zehn Meter Länge machen, die ich alle in diesem Moment auf meinem Tisch liegen habe.«

»Sehr gut, sagte der Narr und erhob sich. »Mit dieser Ermutigung von Ihnen, fühle ich mich verpflichtet zumindest den 'Nicht Gut' Stempel zu bestellen.«

Einige elektrische Vorschläge

»Wenn ich noch einmal mit dem Leben von vorne beginnen würde«, sagte der Narr, »würde ich Elektrotechniker werden. Es erscheint mir so, dass diese, von allen modernen Beschäftigungen, die Architektur vielleicht ausgenommen, die faszinierendste ist.

»Ich denke, da steckt auch vermutlich mehr Geld drin, als in Idiotie«, sagte der Bibliomane trocken.

»Nun, das würde ich auch denken«, stimmte der Narr zu. »Idiotie ist nur ein intellektueller Umweg. Elektrizität ist praktische Wissenschaft. Von der Idiotie kann man nicht mehr sagen, als dass sie ein Luxus ist, während Elektrizität eine Notwendigkeit geworden ist. Ich kann noch nicht einmal behaupten, dass irgendein wirklich dauerhafter Nutzen für die Welt durch Idiotie herbeigeführt werden kann, aber in der Elektrizität stecken Möglichkeiten, die noch nicht realisiert wurden, mit denen die Welt aber bedeutend besser und glücklicher würde.«

»Das ist sehr gütig von Ihnen, dass Sie die Elektrizität so hoch loben«, sagte der Doktor. Die

Wissenschaft kann sich nun entwickeln, in dem Wissen, dass Sie sie gutheißen.«

»Gutheißen?«, rief der Narr. »Gutheißen ist nicht das richtige Wort, Sir. Ich schwärme davon – und warum sollte ich das nicht tun, wenn man fühlt, wie es bei mir der Falle ist, dass in dem elektrischen Strom der Keim des Lebenselixiers liegt! Ich glaube zutiefst, dass eine Flasche verflüssigter Elektrizität uns alle jung machen würde.«

»Dann nehmen Sie aber nichts davon!«, sagte der Schulmeister. »Sie leiden seit Langem an einem verschärften Fall von Jugendlichkeit, schon so lange, wie ich Sie kenne. Bitte machen Sie nichts, was ihre Jugend intensiviert.«

»Ich befürchte, dass ich gezwungen bin, mir selbst dieses Vergnügen zu verweigern, Mr Pedagog«, gab der Narr ruhig zurück, »wegen des bedauerlichen Umstands, dass die Formel für das 'Elektrische Elixier' noch nicht entdeckt worden ist. Dass sie aber eines Tages entdeckt wird, bevor ich sterbe, darauf hoffe ich und bete dafür, denn, anderes als der Mann im Kirchenlied, möchte ich für immer leben. Ich möchte unsterblich sein.«

»Ein unsterblicher Narr! Man stelle sich das einmal vor!«, sagte der Doktor.

»Ich habe nicht viel Sympathie von Ihnen erwartet, Dr 'Pillenverschreiber'. Der Mann, der Pferdewagen zu verkaufen hat, verehrt nicht die Straßenbahnen.«

»Die Verwendung dieser Allegorie scheint mir nicht deutlich zu sein«, sagte der Doktor.

»Nein?«, sagte der Narr. »Ich bin überrascht. Ich dachte, dass ihr Intellektuellen die Ideen schneller aufnehmt. Um es mit klaren Worten zu sagen, da es notwendig zu sein scheint: Ein Plan, der die unbegrenzte Erweiterung des menschlichen Lebens beinhaltet und die Eliminierung der körperlichen Krankheiten, wird kaum eine herzliche Befürwortung von dem medizinischen Beruf erhalten.«

»Wenn ein Mann in einer stürmischen Nacht nach Hause kommt«, fuhr der Narr fort, »und den schädlichen Wirkungen von nassen Füßen durch das Schlucken einer elektrischen Pille entgegenwirkt, eine, die zwei Volt beinhaltet, wie eine zwei Grain Chininpille zum Beispiel, aber mit größerer Sicherheit, als man sie bei der Einnahme von Chinin erwarten kann, würde ihr Berufsstand die Läden schließen müssen und sich mit etwas beschäftigen, wie das Schreiben von Artikeln, wie 'Masern, wie sie einmal waren' oder 'Erkrankungen in der vorelektrischen Phase'.«

»Der beste Teil von allem ist der, dass wir für unsere Medizin nicht mehr auf den Zustand des Arsen-Marktes angewiesen sind oder die Chinin-Versorgung oder das Meerzwiebel-Produkt der Jahreszeit.«

»Elektrische Funken kann man immer in jeder Menge produzieren, egal ob die Sonne scheint oder nicht. Die Pleite der China-Rinde-Gesellschaft oder die Verhinderung der Rizinusöl-Bohrungen durch einen frühen Frost, würden aufhören, eine heimtückische Angelegenheit für alle zarten Naturen zu sein.«

»Alles könnte versagen, aber die Menschen müssen sich nicht fürchten, denn Elektrizität kann generiert werden, wann und wo auch immer man sie braucht. Wenn die elektrischen Pillen aufgebraucht sind und der Apotheker zu weit weg dem Haus ist, um den Vorrat sofort aufzufüllen, könnte man seine Latschen anziehen, und, indem man dann auf dem Teppichboden für zehn oder fünfzehn Minuten auf- und abgeht, würde man genügend Elektrizität generieren, um sich wieder in Ordnung zu bringen. Natürlich müsste man ein Paar von Dynamik-Vorrat-Speicher-Latschen haben, um die Funken zu fangen, wie sie herumfliegen, aber ich denke mir, dass sie auf Dauer weniger kostspielig sind, als die Medizin, die wir heute haben.«

»Warum hätten wir dann überhaupt nasse Füße, wenn die Elektrizität so überaus mächtig ist?«, brachte Mr Whitechoker vor. »Warum könnte man nicht einen elektrischen Fußschützer konstruieren, um gegen die Möglichkeit feuchter, kalter Füße zu wirken?«

»Man könnte dies nicht mit Männern oder Frauen machen, die so geschaffen sind, wie Sie«, sagte der Narr. »Ihr Fußschützer wäre ohne Zweifel eine gute Sache, aber das sind auch Gummi-Überschuhe.«

»Es wird niemals ein Patent geben, das einen Mann zwingt, seine Füße trocken zu halten, und er würde es auch nicht tun, ausgenommen unter Zwang, aber wenn dann seine Füße einmal nass geworden sind, sucht er nach einem Mittel dagegen.«

»Es ist jedoch das Lebenselixier, auf das ich baue«, fuhr der Narr fort. »Ich denke nicht, dass da einer unter uns ist, ausgenommen Mr Pedagog, für den das Alter von fünfundzwanzig Jahren nicht die erfreulichste Periode seiner Existenz war.«

»Für Mrs Pedagog, wie das bei allen Frauen der Fall ist, ist achtzehn die Grenze.«

»Aber Männer mit fünfundzwanzig und Frauen mit achtzehn wissen so viel, genießen so viel und schätzen sich so sehr! Da gibt es nichts, was ihnen gleichgültig ist. Desillusionierung – die, wie ich meine, Auflösungserscheinung heißen sollte – kommt später.«

»Mit dreißig stellt ein Mann fest, dass die Dinge, die er mit fünfundzwanzig kannte, in Wirklichkeit nicht so sind.«

»Was eine Frau anbelangt, ist ihr Leben leer, wenn sie nicht verheiratet ist. Und wenn sie verheiratet ist, sorgt sie sich um die Verfassung der Kinder und eines Ehemannes, der in Theorie ein Poet war, aber in der Realität eine reine Geschäftsmaschine und der oftmals keineswegs froh darüber ist, wieder zu Hause zu sein, als vor seiner Hochzeit, wo er hinausging, um sie jeden Abend zu sehen.«

»Was für ein weiser kleiner Pessimist er doch ist!«, sagte Mr Pedagog zum Doktor.

»Ganz genau. Aber ich verstehe nicht, warum er sich in den Pessimismus verzweigt, wenn doch Elektrizität das Thema war«, sagte der Doktor.

»Aber er ist doch der Na ... «, begann der Bibliomane, aber der Narr unterbrach ihn.

»Steigen Sie nicht über Zäune, Gentlemen, bevor Sie wissen, ob sie aus Stacheldraht gemacht worden sind oder nicht.«

»Ich werde zu den Punkten kommen, die Sie aufgebracht haben, und wenn Sie nicht vorsichtig sind, werden diese Sie durchbohren«, sagte er.

»Ich bin in keiner Hinsicht ein Pessimist. Ziemlich das Gegenteil. Ich bin ein Optimist. Ich bin noch nicht alt oder widerborstig genug, um ein Pessimist zu sein, und es ist gerade deswegen, weil ich kein Pessimist sein will, dass ich will, dass dieses Elixier der Elektrizität bald kommt und patentiert wird.«

»Wenn Männer, die das Alter von fünfundzwanzig erreicht haben, und Frauen mit achtzehn, anfangen würden, das zu nehmen, könnten sie tausend Jahre alt werden und sich dennoch all ihre Gemütsart und das Gefühl von fünfundzwanzig oder achtzehn behalten.«

»Das ist die Verbindung, Dr 'Pillenverschreiber'. Wenn ich mein ganzes Leben lang fünfundzwanzig bleiben könnte, wäre ich glücklich wie ein Vogel – und wenn ich hier der Poet wäre, würde ich diese Idee in Verse fassen – «

Ein Mann ist das Größte in der Tat,
wenn er fünfundzwanzig Jahre hat,
und eine Königin ist die Frau,
hat sie achtzehn Jahr' genau

»Das ist eine gute Idee«, gab der Poet zurück. »Ich werde mir eine Notiz davon machen, und wenn ich das verkaufen kann, gebe ich Ihnen eine Kommission.«

»Nein, machen Sie das nicht«, sagte der Narr glattzüngig. »Ich bin schon zufrieden, wenn ich ihren Namen gedruckt sehe.«

Als der Poet diese witzige Bemerkung in der Art und Weise akzeptiert hatte, in der sie gemeint war, fasste der Narr zusammen:

»Das Elixier und die elektrischen Pillen sind natürlich noch alles Luft. Wir haben noch nicht einmal einen Schritt in diese Richtung gemacht.«

»Mr Edison und andere Genies waren zu sehr mit dem elektrischen Licht beschäftigt und Telefonen und Phonographen und transatlantischen Gedanken, um Plänen irgendwelche Aufmerksamkeit zu schenken, die unser Leben verlängern und uns, trotz vergangener Jahre, fortwährend jung halten.«

»Ich denke, das werden sie auch weiterhin so machen«, sagte der Doktor. »Was auch immer Sie mir für ein Prädikat anhängen wollen, weil ich ihre Auffassungen verlache, ich werde es trotzdem tun.«

»Keine geistig gesunde Person will ewig leben, und wenn es möglich wäre, dass alle Menschen ewig leben, würden Sie die Welt bald so überfüllt vorfinden, dass die schmächtigeren Schauspieler in der menschlichen Komödie von der Bühne verjagt werden.«

»Es gibt jetzt schon genug Menschen auf der Welt, ohne alle zukünftigen Generationen zu ihrer Zahl hinzuzufügen und den Tod eine Unmöglichkeit zu machen.«

»Das ist alles Unsinn«, sagte der Narr.

»Mein Elixier würde den Tod nicht unmöglich machen. Jeder Mann, der am Ende von tausend Jahren glaubt, dass er genug gehabt hat, könnte aufhören das Elixier zu nehmen, damit ihn das Zeitliche segnet.«

»In Wirklichkeit würden nicht mehr als zehn Prozent der Menschen in der Welt überhaupt Vertrauen in das Elixier haben.«

»Ich kenne heute Leute, die keinen Vorteil aus den vielen Patentrezepten ziehen, die sich in ihrer Reichweite befinden, und diesen das Senfpflaster und den Katzenminze-Tee ihrer Vorväter vorziehen.«

»Das ist, wo die menschliche Natur wieder funktioniert.«

»Ich denke, wenn ich selbst der Entdecker der Formel für meine Mixtur wäre und mir für meine

Werbung den Brief eines Mannes gesichert hätte, der sagt: 'Ich war dabei an Altersschwäche zu sterben, nachdem ich den fortgeschrittenen Punkt von neunundneunzig Jahren erreicht hatte. Dann habe ich zwei Flaschen von ihrem elektrischen Elixier genommen und feiere jetzt wieder meinen fünfundzwanzigsten Geburtstag', da würden neunundneunzig Prozent der Leute, die das lesen, lachen und denken, dass sich das aus den Witzspalten heraus verirrt hat.«

»Die Leute haben naturgemäß kein Vertrauen in ihre Mitmenschen – das ist alles«, sagte der Narr.

»Aber wenn sie fünfundzwanzig und achtzehn wären, dann würde sich das alles verändern. Wir sind mit fünfundzwanzig und achtzehn sehr gutgläubig, und das ist eine Sache, die ich an diesen Altersstufen liebe. Als ich fünfundzwanzig war, habe ich jedem geglaubt, selbst mir. Nun – na gut, jetzt bin ich älter.«

»Aber genug nun von Plänen, die, wie ich zugeben muss, etwas vorausdenkend sind – wie es das Telefon vor einhundert Jahren gewesen wäre. Lasst und wieder zur Realität der Elektrizität kommen.«

»Ich kann nicht einsehen, warum nicht mehr aus dem Phonographen [kleiner Tonwalzen-Audiorecorder] gemacht wird«, fuhr er fort, »zum Nutzen der Allgemeinheit. Nehmen Sie zum Beispiel einen Mann wie Chauncey M. De Choate. Er geht hierhin und dahin und hält Vorträge, während ich keinen Zweifel daran habe, dass er lieber zu Hause bleiben und Dividendencoupons von seinen Wertpapieren schneiden würde.«

»Warum kann der Phonograph nicht seine Verpflichtung übernehmen? Statt den gleichen Vortrag immer und immer wieder zu halten, warum kann kein Elektrotechniker den Phonographen so verbessern, dass De Choate durch einen Trichter sagen kann, was er zu sagen hat. Das würde auf einen Zylinder gepresst, vervielfältigt und wiedervervielfältigt und über die ganze Welt verteilt.«

»Wenn Mr Edison etwas weitergeben könnte, was die Poeten als schallende Stimmen bezeichnen, so wie sie den Phonographen nennen, würde er eine große und noble Arbeit verrichten.«

»Und auch für kleinere Dinge, wie eine Tanzveranstaltung, warum kann man den

Phonographen nicht für einen Ball nutzbar machen?«

»Ich habe eines Abends einen besucht, und als ich einen Two-Step tanzen wollte, spielte die Band eine Polka; wenn ich eine Polka wollte, spielte sie einen Walzer. Einige Männer können nur den Two-Step tanzen – sie kennen den Walzer, die Polka oder den Schottentanz nicht. Warum kann der Phonograph da nicht zu Hilfe kommen?

In fast jedem Hotel in New York kann man einen Nickel in einen Schlitz werfen und die Band von John Philip Sousa auf dem Phonographen hören.«

»Warum erweitert man dann nicht das Prinzip und macht einen Phonographen für Männer, die nichts anderes als den Two-Step tanzen können, der mit dem so zu tanzenden 'Washington Post Marsch' geladen ist und vier Rohrleitungen hat, die in die Ohren von Hörern gesteckt werden können? Mach ihn klein genug, dass ihn ein Mann in seiner Tasche mitführen kann. Dann könnte er auf einem Ball zu einer jungen Lady gehen, sie zum Tanzen auffordern, zwei der Rohrleitungen in ihre Ohren stecken und zwei in seine, und tänzelt dann mit leichter Sohle, völlig unabhängig von dem, was andere Leute tanzen.«

»Das ist möglich«, fuhr er fort. »Mr Edison könnte das in fünf Minuten machen, und jeder wäre zufrieden.«

»Es könnte ziemlich drollig anzusehen sein, wenn zwei Leute den Two-Step tanzen, während acht andere Tänzer gemeinsam an einem Phonographen hängen, der eine Quadrille spielt, und ein Dutzend oder mehr Paare dagegen einen Walzer tanzen, den Schottentanz und den Virginia-Kontertanz, aber wir würden uns bald daran gewöhnen, und kein Mann müsste zum Mauerblümchen werden, weil er den Tanz nicht tanzen kann, der gerade dran ist.«

»Des Weiteren könnte man auf die Musiker verzichten, die immer die Tänze überschatten, wegen ihrer eingebildeten Überlegenheit gegenüber dem Rest der Welt und insbesondere den Tänzern.«

»Was wäre mit ihrem Paar, das es vorzieht den Tanz draußen auf den Stufen auszusitzen?«, sagte der Poet, der, genauso wie der Narr, einige Dinge über Tanzveranstaltungen wusste, welche den Herren Pedagog und Whitechoker fremd waren.

»Das wäre besonders reizvoll für sie«, sagte der Narr. »Sie würden auf den Stufen sitzen und über eine verträumte Melodie ins Schwärmen geraten, die der Mann gerade in seiner Westentasche hat. Das könnte er alles bereits im Voraus arrangieren – er könnte herausfinden, welchen Song sie besonders anhimmelt und lädt diesen schon vor.«

»Und was die Dinge anbelangt, die gewöhnlich auf den Stufen bei Tanzveranstaltungen passieren, genauso wie im Wintergarten bei Bällen, könnte ein Mann, mithilfe eines Phonographen, dem Mädchen einen Antrag machen, in der Gegenwart von tausend Leuten, und niemand außer dem Mädchen selbst, würde wissen, dass er gemacht wird.«

»Ich sage ihnen, Gentlemen«, fügte der Narr enthusiastisch hinzu, als er sich erhob, um fortzugehen, »wenn die Phonographenleute nur ihre Macht kennen würden, würden sie große Dinge tun. Der patentierte Westentaschen-Phonograph für Musik auf Bällen und Heiratsanträge für den schüchternen Mann würde ihnen alleine schon ein Vermögen bringen, wenn sie die Gelegenheit nur erkennen würden. Ich wünschte mir fast, ich wäre ein Elektrotechniker und kein Narr.«

Damit verließ er den Raum, und Mr Pedagog flüsterte Mrs Pedagog zu, dass er, während er den Narren genau als einen solchen empfindet, er nicht verneinen könnte, dass er manchmal Ideen hat, die nicht ganz so schlecht sind.

»Das ist wahr«, sagte die gute Vermieterin. »Ich denke, wenn du mir einen Antrag mit einem Phonographen gemacht hättest, hätte ich nicht erraten, was du meinst und dich dahin gebracht, dich deutlicher auszudrücken. Ich hätte nicht 'Ja' sagen wollen, bis ich vollkommen überzeugt davon gewesen wäre, dass du das meinst, wozu du nicht in der Lage warst, es direkt zu sagen.«

Was Kinder anbelangt

Der Poet war für eine Woche weg gewesen und bei seiner Rückkehr an seinen angestammten Platz am Frühstückstisch schien er nur noch ein Schatten seiner selbst zu sein. Seine Augen waren schwer und seine langen Locken recht zottelig für einen Mann mit einer höheren Reputation, als die eines Sängers melodischer Lieder.

»Wenn ich Sie nach ihrem Erscheinungsbild beurteile, Mr Poet«, sagte der Narr, nachdem er seinen Freund willkommen geheißen hatte, »hatten Sie einen lebhaften Urlaub. Sie sehen überhaupt nicht so aus, dass Sie viel davon dem Schlaf gewidmet haben.«

»Das habe ich auch nicht«, sagte der Poet erschöpft, »ich habe im Durchschnitt nicht mehr als zwei Stunden täglich geschlafen, seit ich weggegangen bin.«

»Ich habe gedacht, dass Sie mir gesagt haben, Sie würden sich für eine Ruhepause aufs Land begeben?«, bemerkte der Narr.

»Das wollte ich auch – und das ist dabei herausgekommen«, antwortete der Poet. »Ich habe meine Schwester oben in Saragota County besucht, und sie hat elf Kinder.«

»Aha!«, sagte der Narr und lächelte. »Das also ist es – nun, da kann ich mit Ihnen mitfühlen. Ich habe selbst einige Erfahrungen mit Kindern und Jugendlichen gemacht. Ich liebe sie, aber ich würde sie gerne wie bei den Ratenzahlungen behandeln – immer sehr wenig davon. Ich habe einen kleinen Cousin mit einem Leistungsvermögen zum

Herumtoben und zu Unverschämtheiten, das seines gleichen sucht. Seine Mutter hat mir einst geschrieben und mich gefragt, ob Hagenbeck, der Wildtierzähmer, überredet werden könnte, ihn an die Hand zu nehmen.«

»Das ist genau die Sorte«, warf der Poet ein. Sein Gesicht hellte sich ein wenig auf, als er entdeckte, dass es mindestens eine Person an Bord gab, die Sympathie für ihn empfand.

»Die sieben Stück von meiner Schwester«, fuhr der Narr fort, »sind alle von der Art wilder Tiere. Ich schließe mich lieber sieben Tigern an, als noch einmal eine Woche mit meinen geliebten Neffen und Nichten zu verbringen.«

»Haben sie Alp mit Ihnen gespielt?«, fragte der Narr den Poeten mit einem Grinsen.

»Alp?«, sagte der Poet. »Nein, nicht dass ich wüsste. Vielleicht haben sie das aber auch. Ich habe kaum noch mitbekommen, was sie taten, an den letzten beiden Tagen meines Aufenthalts dort. Sie haben mich einfach überfordert, und ich habe aufgegeben und bin für die Zeit zum Spielzug geworden.«

»Es macht keinen großen Spaß, ein Spielzeug zu sein«, sagte der Narr. »Ich denke, ich spiele lieber Alp.«

»Was um alles in der Welt ist Alp?«, fragte Mr Pedagog, dessen Neugier geweckt worden ist. »Ich habe genug absurde Namen für Spiele in den letzten fünf Jahren von Ihnen gehört, ich muss aber sagen, wegen totaler Idiotie und dem Fehlen von Suggestivität, übertrifft der Name Alp alle von ihnen.«

»Das ist genau so, wie es sein soll«, sagte der Narr. »Mein kleiner Cousin hat Alp erfunden, und sämtliche Dinge, die dieser Junge tut, übertreffen alles. In einigen Dingen kommt er nach mir. Aber Alp, während es dem Namen scheinbar an Suggestivität fehlt, ist wirklich nur der Name für das Spiel. Es ist sehr einfach. Es wird von einer Alp gespielt und so vielen Gämsen, wie mitspielen wollen. In der Regel spielt ein Mann die Alp und die Kinder die Gämsen. Der Mann geht runter auf Hände und Knie, legt seinen Kopf auf den Boden und hat einen weißen Teppich auf seinem Rücken. Die Idee dabei ist, dass er die Alp ist, und der Teppich stellt den mit Schnee bedeckten Gipfel dar.«

»Und die Gämsen?«, fragte Mr Whitechocker.

»Die Gämsen steigen auf die Alp und springen dort auf dem Gipfel herum«, sagte der Narr. »Meine Erfahrung, die auf zwei Stunden pro Tag für zehn Tage nacheinander basiert, ist dergestalt, dass es Spaß für die Gämsen ist und unsanft für die Alp. Ich war dann in einem Zustand, dass ich nach einer Weile das Geschäft dem Vergnügen vorgezogen und das Alp-Spiel aufgegeben habe, um zu meiner Arbeit zurückzukehren, noch bevor die Hälfte des Urlaubs rum war.«

»Wie zählt man bei diesem Alp-Spiel?«, sagte Mr Pedagog, der ein breites Lächeln aufsetzte, als er daran dachte, dass es da irgendwo den Nachfolger eines Narren gab, der demjenigen der Verrückten Unbehagen bereiten konnte, den ihm das Schicksal in seinen Weg gestellt hat.

»Ich hatte niemals die Kraft, nachzufragen«, sagte der Narr.

»Mein Eindruck aber ist, dass der Sinn des Spiels darin besteht, festzustellen, wer die größere Ausdauer hat, die Gämsen oder die Alp. Derjenige, der zuerst müde wird, hat verloren. Ich habe immer verloren.«

»Mein kleiner Cousin ist ein Speicherhaus von nervöser Energie. Ich denke, er könnte Eisenbahn mit einer richtigen Lokomotive spielen und länger durchhalten, als die Lokomotive. Weil das der Fall ist, konnte ich nicht hoffen, es gegen ihn auszuhalten.«

»Meine Neffen haben nicht Alp gespielt«, sagte der Poet. »Ich denke, Alp wäre eine wirkliche Erholung für mich gewesen.«

»Sie hatten mich dazu gebracht, ihnen Geschichten und Gedichte zu erzählen, vom Morgen bis in die Nacht, und auch die ganze Nacht über, da einer von ihnen sich das Zimmer mit mir teilte. Das Schlimmste von allem war, dass es immer neue Geschichten und neue Gedichte sein mussten, so war ich damit beschäftigt, diese von einem Wochenende zum anderen zu erfinden.«

»Warum sind sie ihnen gegenüber nicht hart geblieben und haben ihnen gesagt, dass Sie das nicht mehr machen, und haben die Sache enden lassen?«, sagte Mr Pedagog.

»Ha – ha!«, lachte der Narr. »Das ist ausgezeichnet, ist es nicht so Mr Poet? Es ist sehr offensichtlich, Mr Pedagog, dass Sie sich nicht mit

Kindern auskennen. Nun, mein kleiner Cousin kann die gleiche Bitte immer und immer wieder auf einhundertfünfzig verschiedene Arten vorbringen. Sie könnten den Mut haben, einhundertmal 'Nein' zu sagen. Sie könnten den Mut haben, einhundertneunundvierzigmal 'Nein' zu sagen, aber ich noch keinen Mann getroffen, der sich gegen einen Jungen durchgesetzt hat, der eine wirklich ausdauerndes Temperament hat.«

»Genauso war es bei mir, multipliziert mit sieben«, sagte der Poet, der Schwierigkeiten hatte, ein Gähnen zu unterdrücken. »Ich habe das mit dem Nein sagen am Morgen des dritten Tages probiert, habe es aber als einen hoffnungslosen Fall aufgegeben, noch bevor die Uhr zwölf geschlagen hatte.«

»Ich hätte ihnen das schon beigebracht«, sagte Mr Pedagog der Schulmeister.

»Sie müssen erst etwas über sie lernen«, gab der Narr zurück. »Sie können nichts gegen Kinder machen, bis Sie sie verstehen. Sie müssen sich verschiedene Dinge in Erinnerung rufen, wenn Sie es mit kleinen Jungen zu tun haben. Erst einmal sind sie viel aufgeweckter, als Sie es sind. Sie haben erheblich mehr Energie, sie wissen, was sie wollen, und um das zu erreichen, haben sie keine Würde, es zu unterdrücken, worin sie folglich einen ausgeprägten Vorteil Ihnen gegenüber haben. Das Schlimmste aber ist, dass Sie tief in ihrem Herzen lachen wollen, selbst wenn diese Kinder Sie am meisten brüskieren.«

»Ich brauche das nicht«, sagte Mr Pedagog kurz.

»Und warum nicht?«, fragte der Narr. »Weil Sie sie nicht kennen, können Sie keine Sympathie für sie empfinden. Sie schauen auf sie, wie ein Übel, das man tolerieren muss, und nicht wie auf einen kleinen Verstand, den man kultivieren muss. Was für eine harte Zeit ich auch hatte, Alp zu spielen, ich würde es als ein großes Loch empfinden, das in mein Leben gerissen worden wäre, wenn irgendetwas mir meinen Cousin Sammie wegnehmen würde. Er weiß es, und ich weiß es, und das ist es, warum wir Kumpel sind«, sagte der Narr.

»Was ich an Sammie besonders liebe, ist, dass er an mich glaubt«, fügte der Narr ein wenig wehmütig hinzu. »Es würde mir nichts ausmachen, das bei mir selbst zu tun – wenn ich nur könnte.«

»Sie würden vielleicht anders denken, wenn Sie unter sieben Sammies in der Weise hätten leiden müssen, wie der Poet«, sagte der Bibliomane.

»Es könnte keine sieben Sammies geben«, sagte der Narr. »Sammie ist einzigartig für mich. Aber ich bin auch nicht allzu verschlossen in dieser Sache. Ich kann mir gut vorstellen, wie Sammie einigen Leuten sehr lästig werden könnte.«

»Ich hätte mich nicht so sehr um das Alp-Spiel geschert, nehme ich an, wenn Sammie nicht auf meinen Schoß geklettert wäre, als die Nacht hereinkam, um mir zu sagen, dass ich der größte Mensch bin, der je gelebt hat, neben seiner Mutter und seinem Vater.«

»Das ist die Sache, Mr Pedagog, die Alp tolerierbar macht – es ist die Zuckersoße zur Mehlspeise. Es gibt ziemlich viel ordinären Teig in der Mehlspeise, aber mit der Soße, die großzügig untergemischt ist, stört einen das nicht so sehr.«

»Dieser Junge würde sich auf den Eisenbahnschienen schlafen legen, wenn ich ihm sagen würde, dass ich zwischen ihm und dem Schnellzug stehe. Wenn ich ihm sagen würde, dass ich die Mauern von Gibraltar mit Hüpfkit zerschmettern würde, dann würde er das glauben, und mir seine Hüpfkitschleuder bringen, um bei der großen Aufgabe zu helfen.«

»Das ist es, warum ich denke, dass ein Mann viel besser dran ist, wenn er ein Vater ist. Jemand hat einen Standard für ihn festgelegt, dem er, während er weiß, dass er dem nicht gerecht werden kann, dennoch versucht gerecht zu werden, und, indem er hoch zielt, ist er nicht so gefährdet, zu tief zu treffen, was anderweitig der Fall wäre. Wie Sammies Vater einst zu mir sagte: 'Bei Gott, Narr«, sagte er, »wenn Männer *nur* das sein könnten, was die Kinder von ihnen denken!'«

»Nichtsdestotrotz sollten sie beherrscht, gebremst und aufgezogen werden!«, sagte der Bibliomane.

»Das sollten sie wirklich«, sagte der Narr. »Das sollte in einer Weise geschehen, dass sie, wenn sie beherrscht, gebremst und aufgezogen werden, sie nicht mitbekommen, dass die beherrscht, gebremst und aufgezogen wurden. Der Mann, der den Tyrannen bei seinen Kindern spielt, ist nicht der Mann für mich. Gebt mir den Mann, der, wie mein Vater, der Vertraute seines Sohns ist, sein persönlicher Freund, sein Mitwisser, sein Kumpel.«

»Es kann sein, dass es in meinem Fall nicht so gut geklappt hat«, sagte der Narr. »Ich denke nicht, dass es das hat – in jedem Fall, wenn ich jemals der Vater eines Jungen sein werde, würde ich ihm das Gefühl geben, dass ich kein Despot bin, in dessen Händen er machtlos ist, aber ein Dreh- und Angelpunkt, auf den er sich verlassen kann, wenn die Dinge falsch zu laufen scheinen – die Quelle guter Ratschläge, ein Sympathisant – kurz gesagt ein Kumpel.«

»Sie zeichnen in der Tat ein angenehmes Bild«, sagte Mr Whitechoker gütig.

»Ich danke Ihnen«, sagte der Narr. »Das Original ist nicht von mir. Mein Vater hat es gezeichnet. Aber trotz meiner Wertschätzung für Sammie, denke ich doch, dass etwas getan werden müsste, um das Leid der Eltern zu mildern.«

»Nehmen Sie zum Beispiel die Mutter von einem Jungen wie Sammie. Sie hat ihn den ganzen Tag und üblicherweise auch die ganze Nacht. Sammies Vater geht um acht Uhr ins Geschäft und kommt um sechs Uhr abends zurück. Er denkt, dass er hart gearbeitet hat, und wundert sich, dass Sammies Mutter zutiefst müde aussieht. Das irritiert ihn ein wenig. Sie war den ganzen Tag über zu Hause und hat es sich gemütlich gemacht. Er hat in der Stadt wie ein Hund gearbeitet. Welches Recht hat sie, müde zu sein?«

»Es kommt ihm nicht der Gedanke, dass sie sich all diese Stunden mit Sammie beschäftigen musste, wenn Sammie in Hochform ist.«

»Sie hat ihn dabei erwischt, wie er Überschläge oben auf der Hintertreppe machen wollte. Sie hat mit Geduld seine musikalischen Bemühungen auf dem Klavier ertragen, auf dem er täglich für ein paar Minuten übt, meist mit einem Hammer oder einem Stock oder etwas genauso gut Geeignetes, um die Tasten zu verschönern.«

»Sie hatte sich in Sammies gut gemeinte Bemühungen einmischen müssen, seinen kleinen Bruder in die Kunst einzuweihen, ein Indianer zu sein, der im gleichen Atemzug schreien und skalpieren konnte, wobei sie in diesem Moment Sammies nicht endenden Hass auf sich zog.«

»Sie hatte Sammie gehört, wie er eine Sprache benutzte, die ein Arbeiter ohne Skrupel in der Gegenwart von Sammie benutzt hatte.«

»Sie hatte, ihm mit Schrecken in ihrer Seele dabei zugesehen, wie er mit einem Messer herumgespielt hat, das ihm ein Freund der Familie, der Sammie bewundert, geschenkt hat, und dabei wieder seine Feindseligkeit auf sich gezogen, als sie ihm schließlich, auch um eine nervöse Erschöpfung zu vermeiden, diesen Schatz weggenommen hat.«

»Kurz gesagt, sie hatte einen wirklich tragischen Tag durchlebt.«

»Sammie ist für mich Possenspiel – Komödie für seinen Vater und Tragödie für seine Mutter.«

»Kann man nicht etwas für sie tun? Gibt es nicht etwas, womit Sammie während des Tages unterhalten wird und was das Nervenkostüm seiner Mutter nicht völlig zerstört, denn unterhalten werden muss er?«

»Kann nicht ein einfallsreiches Genie, der den kleinen Jungen studiert hat, der die kleinen Besonderheiten seiner Natur kennt, und der, vor allen Dingen, Sympathie für diese Besonderheiten hegt, seine Gedanken auf das Leben der Frau mit ihrer häuslichen Schieflage richten und etwas tun, um ihr Leben weniger zu einer Belastung und mehr zu einer Freude zu machen?«

»Sie sind der Mann, der das tun kann«, sagte der Bibliomane. »Ein einfallsreiches Genie wie Sie, sollte dazu in der Lage sein, das Problem zu lösen.«

»Vielleicht sollte ich das sein«, sagte der Narr, »aber wir sind alle nicht, was wir sein sollten, mich eingeschlossen. Alles erscheint mir möglich zu sein, bis ich an die Mutter denke, die den ganzen Tag allein mit einem lieben, süßen, klugen, energiegeladenen Jungen wie Sammie verbracht hat. Dann, wie ich zugeben muss, fällt mir absolut nichts ein, was ich tun sollte.«

»Und dann, da niemand von den Mitbewohnern eine Lösung für das Problem hat, nehme ich an, dass niemand unter uns ist, der etwas über 'Wie ich durch eine Mutter ruhiggestellt werde' wusste.«

»Vielleicht werden die Dinge etwas hoffnungsvoller erscheinen, wenn Mütter hier das Erfinden übernehmen«, sagte der Narr und ging.

Traumalin

»Nun, Mr Narr«, sagte Mr Pedagog, als sich die Gäste um den Tisch versammelten, »wie steht es mit ihrer noblen Kunst der Erfindung? Sie haben sich schon eine ganze Weile damit beschäftigt. Finden Sie, dass sie Erfolg mit ihrer selbstauferlegten Mission hatten und die Bedingungen für die zivilisierten Menschen erträglicher gemacht haben?«

»Offen gesagt, Mr Pedagog, habe ich versagt«, sagte der Narr traurig, »ungeheuerlich versagt.«

»Ich kann nicht feststellen, dass von all den Plänen, die ich zum Nutzen der menschlichen Rasse hervorgebracht habe, auch nur ein einziger von denjenigen angenommen worden wäre, die davon profitiert hätten.«

»Deshalb, mit der Ausnahme von Traumalin, an dem ich schon lange arbeite, aber das ich noch nicht zu meiner völligen Zufriedenheit entwickelt habe, werde ich keine weiteren Erfindungen mehr machen.«

»Zu was wäre es nütze? Selbst Sie, Gentlemen, haben stillschweigend meinen Plan für die

Beseitigung der Irritationen bei den Waffel-Tagen abgelehnt, ein Plan, der sofort funktioniert hätte und einfach, bildhaft und wirksam ist. Mit solch einer Entmutigung zu Hause, welche Hoffnung hätte ich für mehr Glück da draußen?«

»Es ist schrecklich, ein verkanntes Genie zu sein!«, sagte der Bibliomane schroff. »Dann ist es besser, ein einfacher Irrer zu sein. Ein Irrer ist wenigstens frei von dem Bewusstwerden des Versagens.«

»Trotzdem bin ich lieber ich selbst, als irgendein anderer hier am Tisch«, kam der Narr wieder ins Gespräch hinein. »Ich mag wohl verkannt sein, aber ich bin wenigstens glücklich. Das Bewusstwerden eines Versagens muss nicht notwendigerweise das Glücklichsein zerstören.«

»Wenn ich das Beste daraus mache, mit den Mitteln, die ich habe, muss ich nicht weinen, nur weil ich versagt habe. Und mit dem Bewusstwerden seines Versagens hat das verkannte Genie immer den Trost, zu wissen, dass nicht er es ist, der falschliegt, sondern die Welt.«

»Wenn ich ein Wohltäter bin und einer sozialen Einrichtung tausend Dollar anbiete, und die soziale

Einrichtung lehnt dies ab, weil ich das Geld aus meiner Beteiligung in einer 'Witwen-und-Waisen-Spekulationsgesellschaft' nehme, wo große Verluste für die Anleger gewiss sind, ist es die soziale Einrichtung, die verliert, nicht ich.«

»So ist es auch mit meinen Plänen. Die Expansion der feinen Gesellschaft wird von dieser nicht akzeptiert – wer stirbt, ich oder die Gesellschaft?«

»Kapitalisten lehnen meinen Vorschlag für eine 'Allgemeine Poeten Trust und Versorgungs-Gesellschaft' ab. Wer verliert dabei eine erstklassige Chance, ich oder die Kapitalisten?«

»Ich mag im Moment ein wenig entmutigt sein, aber was solls? Erfindungen sind nicht die einzige Beschäftigung auf der Welt für mich. Ich kann die Menschenliebe aufgeben und mich stattdessen in einem Augenblick der Menschenfeindlichkeit widmen – und mit Traumalin kann ich die Welt beherrschen.«

»Ach – was genau ist dieses Traumalin?«, fragte Mr Whitechoker interessiert.

»Das, Sir, ist die Frage, die ich mir gerade selbst beantworten will«, entgegnete der Narr. »Wenn ich sie beantworten könnte, dann könnte ich, wie ich sagte, die Welt beherrschen – jeder könnte die Welt beherrschen, das heißt, seine eigene Welt. Das basiert auf einer alten Idee, aber sie wurde niemals an den Punkt weiterentwickelt, den ich hoffe zu erreichen.«

»Wecken Sie mich auf, wenn er zu dem Punkt kommt. Sind Sie so freundlich und machen das?«, flüsterte der Doktor dem Bibliomanen zu.

»Wenn Sie bis dahin schlafen, werden Sie nie aufwachen«, sagte der Bibliomane. »Nach meiner Erfahrung kommt der Narr niemals auf den Punkt.«

»Sie sind ein wenig zu geheimnisvoll für mich«, bemerkte Mr Whitechoker gegenüber dem Narren. »Ich weiß immer noch nicht mehr über Traumalin als es bei Beginn ihres Erzählens der Fall war.«

»Was auch genau meine Absicht ist«, sagte der Narr. »Es ist im Moment nur ein unklares, schattenhaftes Etwas. Es ist nur ein Keim, der sich in meinen Gehirnfalten verloren hat, aber ich hoffe, dass durch hartnäckiges Glätten dieser Falten, mit etwas, dass ich das Bügeleisen der Gedanken nennen will, ich doch noch diese Mikrobe erfassen und mit ihr die Welt elektrisieren kann.«

»Wenn Traumalin entdeckt ist, werden alle anderen Entdeckungen nichts sein; alle anderen Erfindungen für die Verbesserungen der Zivilisation werden unnötig geworden sein, und sogar 'Organisierte Waffeln' wird aufhören zu beeindrucken.«

»Vielleicht«, sagte der Bibliomane, »wenn Sie uns einen generellen Hinweis geben können, was die Eigenschaft ihres Plans ist, könnten wir vielleicht in der Lage sein, Ihnen bei dessen Durchführung zu helfen.«

»Der Doktor könnte das vielleicht«, sagte der Narr. »Mein genialer Freund, der sich gelegentlich besäuft, könnte es eventuell – sogar der Poet mit seinem Hunger nach überbackenem Käsebrot, könnte es – aber von Ihnen, Mr Bibliomane und Mr Pedagog und Mr Whitechoker sollte ich wenig Unterstützung bekommen. Ich bin mir nicht sicher, aber Mr Whitechoker könnte den Plan sogar rundherum ablehnen.«

»Jeder Plan, der das Leben glücklicher und besser macht, kann sich meiner Zustimmung sicher sein«, sagte Mr Whitechoker.

»Also dann, mit dieser Ermutigung«, sagte der Narr, »werde ich versuchen, Ihnen meine krönende Erfindung darzulegen. Traumalin, wie sich aus dem Namen schließen lässt, wird eine Patentmedizin sein, bei deren Einnahme ein Mann vergessen würde, sich Sorgen zu machen.«

»Was wäre falsch an Champagner, um das zu erreichen?«, unterbrach der geniale alte Gentleman, der sich gelegentlich besäuft.

»Champagner hat einige gute Dinge, die für ihn sprechen«, sagte der Narr. »Es gibt aber zwei Nachteile – den geringen Effekt und der Preis. Beide dieser Nachteile, was das betrifft, uns unsere Sorgen vergessen zu lassen, verstärken diese nur.«

»Die Überlegenheit von Traumalin über Champagner, oder sogar Bier, was vergleichsweise billig ist, besteht darin, dass eine Dosis Traumalin, die nur einen Cent kostet, mehr für den Patienten tut, als eine Kiste Champagner oder ein Fass Bier. Es macht nicht betrunken und ruiniert auch nicht den Geldbeutel.«

»Darüber hinaus ist es einfach wirksamer, denn unter seinem Einfluss kann der Mann machen, was er anstrebt, oder, was sogar noch besser ist, kann er sich nur vorstellen, das zu machen, was er anstrebt, und damit die Ernüchterung vermeiden, die immer, wie man mir sagt, mit dem Erreichen eines Ziels eintritt.«

»Nehmen Sie zum Beispiel einen Schriftsteller. Wir wissen von vielen Fällen, wo der Schriftsteller seine Eingebungskraft durch Drogen stimuliert hat und unter deren Einfluss die großartigsten Geschichten geschrieben hat.«

»Dieser Mann opfert sich für das Vergnügen anderer.«

»Um etwas zu schreiben, was die Welt ins Schwärmen bringt, nimmt er eine Dosis um sich selbst ins Schwärmen zu bringen, was ihn schließlich umbringt. Traumalin wird das völlig überflüssig machen. Anstatt dass der Schreiber sein Haschisch nimmt, nimmt der Leser Traumalin. Anstatt dass ein Mann Opium für Millionen rauchen muss, nehmen die Millionen selbst für sich Traumalin als Individuen.«

»Ich würde also die Wissenschaftler, die Chemiker, die Sache sorgfältig studieren lassen. Sie untersuchen und entscheiden, welche Eigenschaft von dem Haschisch es ist, die den Schriftsteller dazu bringt, sich die Horror-Situationen auszudenken. Das würden sie dann in ein Mittelchen packen und an diejenigen verkaufen, die Horror-Situationen mögen, und lassen sie sich ihre eigenen Geschichten erträumen.«

»Sehr interessant«, sagte der Bibliomane, »aber es sind nicht alle Leser, die Horror-Situationen mögen. Wir sind nicht *alle* morbide.«

»Wofür wir aufrichtig dankbar sein müssen«, sagte der Narr. »Aber ihr Einwand kommt nicht so recht bei mir an. Auf jeder Flasche, die ich Literarisches Traumalin nennen würde, würde ich unterscheiden zwischen Kunst-Traumalin, Wissenschafts-Traumalin, und so weiter.«

»Ich würde auch einen Aufdruck anbringen mit ausführlichen Anweisungen, die dem Kunden zeigen, wie die Dosis verändert werden muss, um seinen Geschmack zu treffen.«

»Ein Mann liebt die Geschichten von De Maupassant. Lass ihn sein Traumalin unverdünnt nehmen, sich niederlegen und träumen. Er bekommt seine De Maupassant Geschichte mit voller Kraft.«

»Ein anderer liebt moderne, realistische Geschichten – eine Geschichte, wo ein Preis für denjenigen Leser ausgesetzt werden könnte, der eine bestimmte Situation oder ein Ereignis in den dreihundert und mehr Seiten in dem Buch findet, das er liest. Dieser Mann könnte einen Löffel voll Traumalin nehmen und es nach seinem Geschmack verdünnen.«

»Ein Tropfen Traumalin, der unverdünnt eingenommen wird, würde einem Mann einen Traum bringen, wie etwa Doctor Jekyll and Mr Hide.«

»In ein Fass mit reinem Wasser vermischt, würde es dem Mann ermöglichen, der einen Löffel davon genommen hat, ins Bett zu gehen, in den Schlaf zu fallen und sich durch eine Drei-Bände-Novelle von Henry James zu arbeiten. Dadurch könnte jeder Mann das bekommen, was er möchte, zu einem günstigen Preis.«

»Traumalin für Leser, das für einen Dollar pro Quart verkauft wird, würde jedem Kunden eine

Bibliothek geben, so groß und unterschiedlich, wie er es wünscht, was gleichzeitig eine große Entlastung für die Augen wäre.«

»Die Leute hätten mehr Zeit für andere Vergnügungen, wenn sie vor dem Ruhestand eine Dosis Traumalin nehmen und alle ihre Literatur während der Schlafenszeit konsumieren.«

»Jede Flasche würde zehnfach für sich selbst bezahlen, wenn der Konsument nach dem Aufwachen am nächsten Morgen die geträumte Geschichte niederschreibt und dann zum Nutzen von denjenigen veröffentlicht, die selbst Angst hatten, die Medizin zu nehmen.«

»Sie würden aber nicht viel Geld dabei verdienen«, sagte der Poet. »Wenn eine Flasche für eine ganze Bibliothek ausreicht, würden sie nicht viel Nachfrage haben.«

»Da kann man auf zwei Arten herumkommen«, sagte der Narr. »Wir könnten jede Flasche Traumalin mit einem Copyright-Vermerk versehen und den Kunden verpflichten, uns eine Tantieme zu bezahlen, auf jedes Buch, das dadurch inspiriert wurde.«

»Wir könnten auch selbst etwas einnehmen, was ich Finanz-Traumalin nennen würde, wo eine Dosis einem Mann das Gefühl gibt, ein Millionär zu sein. Wenn man sich wie ein Millionär fühlt, ist man glücklich wie ein Millionär – in Wirklichkeit sogar glücklicher, denn man muss sich nicht, wie in der Wirklichkeit, die Daumen abnutzen, die Dividendencoupons jeden Ersten des Monats abzuschneiden.«

»Dann würde ich Kunst-Traumalin herstellen. Man könnte es so einrichten, dass man, bei einer bestimmten Dosis, im ganzen Haus die alten Meister sieht. Bei einer anderen Dosis bekommt man eine Sammlung von modernen, französischen Bildern, und wenn man eine ganze Flasche herunterschluckt, könnte man träumen, dass die Wände mit Mysterien bedeckt sind, welche die Impressionisten verrückt vor Neid werden ließe.«

»Beim Wissenschaftlichen-Traumalin könnten Sie Ideen bekommen, welche die Welt revolutionieren würden.«

»Was ist mit den Poeten und Humoristen?«, fragte der Poet.

»Mit denen wäre es einfach«, sagte der Narr. »Für die hätte ich kein Haschisch in der Mixtur, überbackenes Käsebrot würde genügen. Man würde Gedichte bekommen, die so mysteriös sind, und Scherze so zum Brüllen komisch, dass die ganze Welt mit Staunen und mit Lachen erfüllt wäre.«

»Kurz zusammengefasst, Traumalin würde sich überall im Leben wiederfinden. In der Musik, in der Literatur, in der Kunst, in der Poesie, im Finanzbereich. Jeder Mann könnte, gemäß seinen Neigungen und seines Geschmacks, teilhaben. Jeder Mann könnte sich seine eigene kleine Welt machen, in der er die wichtigste Person ist, und alles würde so harmlos sein, dass er am nächsten Morgen aufwacht und so glücklich und friedlich wäre, wie ein Baby.«

»Ich hoffe, Gentlemen, den Tag zu erleben, wenn Traumalin eine gefestigte Tatsache geworden ist, wenn wir in kein Haus in diesem Land gehen können, das keine Gestelle an der Wand hat, in der Art dieser gläsernen Handgranaten – ein Drahtgestell, das eine Reihe von Traumalin-Flaschen trägt, mit Etiketten wie Kunst, Literatur,

Musik und so weiter, anstatt Bibliotheken, Bildergalerien, Musikzimmer und Laboratorien.«

»Die Reichen, wie auch die Armen, können das haben. Das Kind, das will, dass man ihm Geschichten erzählt, wird danach schreien; der arme Herumirrende, der die Oper liebt, und der es sich nicht einmal leisten könnte, nur in der Straßenbahn an der Oper vorbeizufahren, kann in die Apotheke gehen, und für einen Cent, den er von einem gutherzigen Fußgänger auf der Straße erbettelt hat, eine genügende Menge kaufen, um sich als Logeninhaber zu fühlen. Der ambitionierte Staatsmann könnte, unter Einfluss des Mittels, das Gefühl genießen, selbst der Präsident der Vereinigten Staaten zu sein.«

Es lebt keinen Mann, keine Frau oder kein Kind, die das nicht als Segen empfinden würden, und genauso harmlos wie ein Graham-Keks.

»Das, Gentlemen, ist meine krönende Erfindung, und bis ich sehe, dass sie Wirklichkeit geworden ist, werde ich nichts mehr erfinden. Ich wünsche einen Guten Morgen.«

Nach einem kurzen Augenblick war er verschwunden.

»Nun!«, sagte Mr Pedagog, »das ist der krönende Höhepunkt.«

»Ja«, sagte Mrs Smithers-Pedagog.

»Woher glauben Sie, hat er die Idee?«, fragte der Bibliomane.

»Ich weiß es nicht«, sagte der Doktor. »Aber ich glaube, dass er bei seinen Experimenten, vielleicht ohne es zu wissen, schon länger etwas von dem Zeug genommen hat, das er beschreibt. Die meisten seiner Pläne, die er uns vorgestellt hat, lassen darauf schließen, und Traumalin, denke ich, beweist diese Tatsache.«

ENDE